серия *tip top street*

русская литература в Америке

От рассказов Кати Капович остается впечатление, как от хороших стихов: слов вроде бы немного и они самые обычные, ни о чем чрезвычайном не говорится, а читательское воображение разыгрывается, и этим историям сочувствуешь.

Сергей Гандлевский

Катя Капович

Суп гаспачо

Издательский проект «А и Б»
2019

содержание

Кто спасет Бэтмена

В Кембридже есть дворик. С одной стороны его – кирпичная стена больницы, с другой – переулок и широкая парковка для машин. Дворик находится на самой границе с Сомервиллем, но ничего символичного в этом нет, потому что два городка ничем не отличаются друг от друга. Зеленые указатели с названиями улиц становятся синими – вот и все. По дворику день и ночь топчутся амбулаторные больные, которых каждые два часа выпускают покурить. Топчусь здесь и я. На мне моя обычная одежда: футболка и черные джинсы. Голова моя обрита с макушки до затылка, поэтому, отправляясь в клинику, я каждое утро надеваю бейсболку козырьком назад.

На чем я сорвалась? На пустяке. Я пришла в парикмахерскую, а парикмахерша мне и говорит: «Я только что у вас видела вошь. У нас соблюдается санитария, я вас стричь не могу! Когда избавитесь, приходите!» Я встала и поплелась домой, чувствуя на себе укоризненные взгляды клиентов. Дома я посмотрела в интернете инструкцию по выведению вшей. Надо было намазать на ночь голову майонезом и обвязаться полиэтиленовым пакетом. Вши от этого задыхаются. Оказывается и эта ничтожная тварь хочет дышать. Неважно, лишь бы подействовало. Я сделала все по инструкции и легла рядом с мужем.

Спать, обмазавшись по уши майонезом, это все равно, что спать головой в миске с салатом оливье. Время от времени я вскидывала голову, чтобы стереть текущую по щеке майонезную слезу. Утром я смыла его и попросила Филиппа посмотреть.

– Как они хоть выглядят? – спросил он.

Я с отвращением описала, и он, надев мои очки, по-ученому наклонился надо мной.

– Ну что? Видишь?

– Насекомых нет, но есть какие-то белые шарики. Это, наверное, гниды, – задумчиво произнес он. – Я у себя тоже что-то такое видел еще на прошлой неделе.

Я была в шоке:

– Филипп, что происходит? Почему мы завшивели?

– Это от бедности,– ответил он спокойно.

Пару-тройку дней мы провели, копаясь друг у друга в волосах. Чтобы не заразить дочь, мы уходили в парк и, найдя укромную скамейку, садились, и я клала голову ему на колени. Вечером мы на пару мазались майонезом, надевали на голову пластиковые пакеты и в таком виде, похожие на двух космонавтов, ложились в постель. Однажды мы не на шутку разругались, я обвинила его в малодушии, он на меня посмотрел белыми глазами и куда-то ушел. Вернулся он за полночь с аптечным набором. В наборе был шампунь и железный гребень. Тридцать семь долларов. Через полторы недели я не выдержала и попросила Филиппа обрить меня наголо. Он бодро взялся за дело, но, обрив полголовы, бросил ножницы в раковину:

– Если бы ты только видела себя со стороны! – воскликнул он.

К концу сентября руки у меня дрожали, и мне начало казаться, что тень от соседнего здания падает на наш балкон не под тем углом, под каким обычно падала в сентябре. Ночи напролет я лежала и прислушивалась к шуршанию в подушке. В начале октября я сдалась.

– Что случилось? Вы похудели! – спросил врач, увидев меня.

Я сорвала с головы бейсболку и разрыдалась. И рыдала минуты три.

– Ну-ну, надо полечиться, – пробормотал он.

Я ответила, что пробовала майонезом, что больше так жить невозможно – прятаться от людей, не спать ночами.

– У американской медицины есть средства посильнее майонеза, – сказал он и записал телефон клиники.

Так я и попала сюда.

Нас было шестеро больных: сорокапятилетний биржевой дилер Спенсер, две японки Юджи и Юми, гаитянка Женева с красным бантом в волосах, восемнадцатилетняя наркоманка Менди, ну и я. У всех у нас, несмотря на разницу в возрасте и в диагнозе, имелось и что-то общее: мы пришли сюда по доброй воле. Сверху над нами, в закрытом отделении, находились пациенты другого рода. Тех с боем доставили родственники, привезла полиция. А мы сдались сами, и это означало, что мы готовы были приложить все усилия, чтобы снова стать нормальными. Поэтому к нам приставили доктора лечебной диалектики доктора Маршу, которая с нами по многу часов в день проводила занятия.

В подвальной комнате на стенах висели незамысловатые натюрморты. В окне виднелись чьи-то ноги. Я вообще люблю подвалы, в них как-то спокойней, не так сильно ощущается несовместимость с окружающим миром.

– Чего мы больше всего боимся? – спрашивала доктор Марша, оглядывая наши мрачные лица.

Все мы, как выяснилось, боялись провала и позора. Спенсер, потерявший полмиллиона на кризисе, боялся провала и позора. Из кармана его зеленого пиджака торчали бумаги, испещренные столбиками цифр. Он не пользовался калькулятором, мозг его работал быстрее. Позора боялась восемнадцатилетняя наркоманка Менди. Она все время потирала руки и заглядывала нам в глаза: не сказала ли она что-то не то. В сумочке у нее лежали фотографии бойфренда. Бойфренд работал охранником на парковке в соседнем кинотеатре. Она считала себя недостойной такого парня. Провала и позора боялись Юджи и Юми, которых родители послали в Америку получать экономическое образование. Поначалу все шло прекрасно. Днем девушки ходили в институт, ночами выполняли переводческую работу. Чем-то этот график был хорош, а чем-то не очень. Он не учитывал, что трех часов отдыха организму недостаточно, чтобы нормально функционировать. В какой-то момент девушки начали терять вес и путаться в собственных именах. Позора боялась красивая лупоглазая Женева. Боялась, что она станет в тягость дочери. Дочь недавно получила место профессора. Она с подругами смотрела странные фильмы и читала странные книги. Женева ничего не понимала из того, о чем они говорят. Она боялась, что дочь начнет стыдиться ее, перестанет звать ее к столу.

– Чего ты боишься? – спросила меня доктор Марша.

Я заглянула в себя и увидела, что я тоже боюсь провала и позора. Я боялась, что душа моя зачерствеет, я стану скучной, не смогу писать. Потом придет старость, за ней приковыляет смерть.

К ужину нас отпускали домой. Вечерами, лежа на диване, я взглядывала на мужа: «Вот почувствует он мой взгляд?» Потом я засыпала безрадостным сном и утром, более уставшая, чем накануне, надевала свою бейсбольную шапку и отправлялась в больницу.

– Ну и что случится тогда? – бодро спрашивала доктор Марша.

Она чертила на доске диалектическую схему: это вытекает из этого, и так далее.

– Что будет – когда? – испуганно спрашивали мы.

– Что будет, когда случится то, чего вы боитесь?

Тогда, отвечали мы, однозначно придут провал и позор. Позор изгонял Спенсера из двухэтажного особняка в однокомнатную квартиру с тараканами на стенах и слоноподобным лендлордом над головой. У Менди позор ассоциировался с бойфрендом. Юджи и Юми, не доучившись, с позором возвращались в свои японские села. Женева пряталась от позора в своей комнате, где в аквариуме плавала перекормленная ею рыбка и на подоконнике чахла герань. А мой позор грезился мне в виде молчания, перебиваемого изредка скучным диалогом с собой. Защиты от этих мрачных мыслей не было. Мы сами были виноваты во всем.

– А надо, – говорила доктор Марша, дойдя указкой до самого корня диалектической схемы, – принять себя такими, какие вы есть. Вместе со всеми недостатками, вместе с провалом и позором. Принять и полюбить. И, главное, не забывать принимать таблетки!

Помимо доктора Марши с нами через день занимался психолог доктор Гарет. Встречи с ним происходили в его кабинете, куда нас по одному приводила медсестра Нэнси.

Во время первого сеанса доктор Гарет – лицо в тени фикуса – говорил со мной о моем творчестве.

– Вы, значит, с детства писали стихи… Это очень-очень интересно. А как ваша мать к ним относилась?

Я честно отвечала, что мама к моим стихам относилась плохо.

– Расскажите подробней, – попросил он. – Сколько вам было лет? Что она вам сказала?

– Пятнадцать. Она сказала, что поэта из меня не выйдет.

– Замечательный возраст! Время пубертации, – сказал доктор Гарет. – Что же вы испытываете, когда вспоминаете об этом?

Я ответила, что испытываю чувство благодарности. Я не врала. Он задумался, даже выдвинулся из фикусной тени. Он был совсем молодым, практически юнцом.

– Вы уверены, что это благодарность, а не что-то другое? – спросил он осторожно. – Разве вам не хотелось, чтобы мать вас похвалила?

– Хотелось.

– И как же вы поступили, когда она вам сказала такое? Вы помните?

– Конечно, помню, – ответила я и рассказала, как, изорвав тетрадь, спустила клочья в унитаз.

– Вы, значит, спустили ее в унитаз! – воскликнул он, потирая руки. – Что же вы испытывали при этом?

Я искренне сказала, что испытывала очень неприятное чувство, потому что когда я потом спустила воду, все моя графомания вернулась ко мне в водопаде нечистот.

– Понимаете, – объяснила я, – мы жили в многоэтажном доме, канализация там была старая…

– Стоп, – сказал он, взглянув на часы. – Здесь мы остановимся. Начнем в следующий раз с этого места!

На следующем сеансе он взялся за меня с нескрываемым энтузиазмом.

– В прошлый раз вы рассказывали мне о ваших сложностях с матерью. Расскажите мне о вашем отце. Какие у вас были отношения?

Я сказала, что отцом у меня были очень хорошие отношения.

– А с вашим мужем?

Я, наверное, нахмурилась. Доктор Гарет долго и внимательно глядел на меня:

– Интересно, – вымолвил он. – У вас что-то было в лице...

Я потрогала лицо.

– Ну, бывает, конечно, всякое... А у кого не бывает? – начала я, оправдываясь, но он меня остановил.

– Не напоминает ли вам муж вашего отца?

Пораженная ходом его мысли, я ответила, что не напоминает.

– Вы уверены?

Я была в том состоянии, когда человек ни в чем не уверен. Доктор Гарет попросил меня подумать.

«Мой отец, – стала думать я. – Он непрестанно раздражающе активен. Мой муж семь лет пишет диссертацию, из дома не выходит. Мой отец лучше меня знает, что где лежит в моей квартире, а муж как-то вечером поставил ботинки в холодильник и потом все утро ходил по квартире, заглядывая во все углы. Когда у нас родилась дочь, он два часа пылесосил ковер, не заметив, что пылесос не работает».

– Нет, не напоминает, – сказала я более уверенно.

Вечером я рассказала мужу о нашем разговоре.

– Фрейдисты всегда прячут лицо в тени, – сказал Филипп. – А сколько ему лет?

Я сказала, что лет тридцать.

– Смешно, – сказал он, – если человек в тридцать лет серьезно полагает, что во всем виноваты родители.

Мы, все шестеро больных, поняли, что не так безнадежны, когда в понедельник к нам привели новенького. Его вообще-то звали Билли, но сам он себя называл Бэтменом. Бэтмена спустили сверху из буйной палаты. Это был широкоплечий парень в вязаной безрукавке. Он сел на стул, взялся за колени, его пальцы дрожали. Когда его спросили, чего он боится, он сказал, что больше всего боится, что его разлучат с сыном. С провалом и позором у него тоже все было в порядке. У Бэтмена, в принципе, имелась жена. В принципе. Три месяца назад, придя домой, он застал у жены любовника. В принципе, он не удивился, но для проформы скосил любовнику челюсть и сломал три ребра. Его судили, медицинская экспертиза признала его больным. Пот градом катил с его лба.

– Кто спасет Бэтмена? Кто спасет Бэтмена? – бормотал он, нависая надо мной и Женевой.

В перерыве мы все смотрели, как он курит. После четвертой затяжки он распрямил плечи. Докурив первую сигарету, он тут же взял еще одну:

– Кто спасет Бэтмена? Кто спасет Бэтмена? – говорил он, улыбаясь сам себе.

Перекурив, мы вернулись в наш подвал. И опять Бэтмен нависал над нами, качаясь из стороны в сторону.

– Давайте подумаем, какими мы хотим быть? – спросила доктор Марша.

Она оглядела нас.

– Нормальными, – отвечали хором Юджи и Юми.

– Нормальными! – записывала доктор Марша на доске. – Еще какими?

– Счастливыми без наркотиков! – отвечала Менди.

– Очень хорошо!

– Сильными, как бамбук под снегом, – ответил Бэтмен.

Доктор записала «сильными, как бамбук под снегом» и снова повернулась к нам:

– Еще какими?

– Мы хотим быть нужными детям, – сказала Женева.

– Очень хорошо!

– И сильными, как бамбук под снегом, – добавила Женева.

Остальные подтвердили, что тоже хотят быть сильными, как бамбук под снегом, и доктор Марша нас похвалила.

Я пришла домой просветленная.

– Что было сегодня? – спросил Филипп.

Накануне я ему объяснила, что человеку в состоянии психоза очень помогает, когда ему задают простые вопросы.

Простые вопросы возрождают интерес к жизни. Как ты провела день? О чем ты думаешь? Чего бы мы хотели к ужину? Последний вопрос, впрочем, был чисто риторический. На ужин у нас были дешевые сосиски и тертая морковь – три фунта за доллар. И простые ответы закрепляют интерес к жизни. День я провела в обществе шести психов. Я думаю о том, что скоро нас выгонят с этой квартиры, мы уже восемь месяцев не вносили квартплату. Но не надо о грустном, лишь бы я чувствовала, что мы вместе. Тогда было бы совсем хорошо.

После ужина мы вышли в парк. Ветер гнал по аллее желтые листочки акации. Мы сели на озаренную закатными лучами скамейку, и Филипп дежурным жестом извлек из кармана железный гребень. У нас наблюдался прогресс, уже третью неделю не было видно ни вшей, ни гнид.

– Давай все-таки проверю разок! – сказал он.

Я положила голову ему на колени, и он заученным движением стал прочесывать мои волосы. Солнце быстро скользило между веток. Потом я увидела движущуюся по дорожке в нашем направлении пару. Они выглядели очень прилично. Мне стало неловко, и я попыталась подняться до того, как они приблизятся. Я толкнула мужа:

– Давай переждем! Не дай Бог поймут, что мы делаем!

Его рука на какую-то долю мгновения замедлилась и снова продолжала водить гребнем:

– Пусть поймут, – сказал он безразличным голосом. – Может, это и есть любовь?

Суп гаспачо

Я вроде бы все рассчитала правильно: субботний день, супермаркет переполнен, пять продавщиц работают, как роботы, не поднимая головы. Дальше действовать надо было быстро и решительно. Я бросила пакет с сосисками в сумку, три свежерасфасованные баночки с супом гаспачо поставила одна на другую и пошла к выходу.

Объяснять, почему я это сделала, – долгая история. Скажу только, что за последние полгода ренту за нашу квартиру внесла моя мама, израильский пенсионер.

Когда я вышла, то почувствовала, что на плечо мне ложится рука, потом вкрадчивый мужской голос у меня над ухом произнес: «Если вы будете вести себя хорошо, я не вызову полицию». Положивший мне руку на плечо мало чем отличался от других покупателей. Вот разве что глаза. Они были совершенно тусклые. Два кружка консервной жести.

Пока мы, набычившись, смотрели друг на друга, я прокрутила в голове вариант ухода – бью его ногой в пах и бегу к автостраде. Мне мешал суп, который я по-прежнему держала в руках. Бросить банки на землю почему-то вдруг оказалось совершенно невозможным. Я ясно видела, как три пенопластовые коробочки взрываются под ногами, забрызгивая меня и этого типа своим красным содержимым. От природы я чистоплотна, как кошка. «Я надел это только сегодня утром!» – голосит муж, защищаясь от моих поползновений стащить с него рубашку, брюки, носки и его самого запихать в ванну. Иногда он серьезно говорит, что мне следует обратиться к психиатру. Иногда я даже серьезно подумываю, а не последовать ли его совету. В Молдавии говорили: кто смывает свою грязь, тот смывает свое счастье. Что-то в этом было.

Но мы отвлеклись.

В общем, оценив ситуацию, я поняла, что бросить банки на землю не могу – будет неопрятно.

– Только давайте без глупостей! – говорит Жестяной, видимо, почувствовав направление моей мысли.

В тесной задней комнате, расположенной между туалетом и подсобкой для рабочих, везде стояли телевизоры, и за столом сидела полнотелая девица лет и смотрела в один из них, показывающий дверь. Я села и тоже посмотрела в экран. Какие-то люди входили и выходили, прошла хорошенькая женщина с коляской, заглянула в камеру, поправила волосы, помахала рукой. Все, кроме меня, видимо, знали, куда смотреть.

– Сейчас составим опись украденного, – сказал Жестяной, доставая какие-то бланки.

Я подумала, что самое время повиниться:

– Простите меня, – говорю, я просто забыла заплатить. Я принимаю антидепрессанты и при этом два дня ничего не ела!

Я, наверное, надеялась разбудить в нем жалость. Он в ответ открыл мою сумку и вышвырнул на стол содержимое – кошелек и пакет с сосисками.

Голос его потух, а взгляд, наоборот, засверкал, насколько может сверкать консервная жесть:

– Удостоверение личности есть? – спросил он.

Удостоверения у меня не было, была медицинская карточка. Я живо положила ее на стол.

– Я так и думал, – сказал Жестяной с непонятным фатализмом и стал куда-то звонить.

Меня так мучил голод, что машинально я придвинула к себе одну из банок и открыла крышку.

Его окрик остановил меня, когда я пыталась отхлебнуть из нее:

– Не трогать, это вещественное доказательство! – взвыл он.

– Ну ладно, – говорю, – ломать комедию! Вы что, голода никогда не испытывали?

Мысль о том, что человек может испытывать голод, видимо, была для него новой. Он задвигал бровями и посмотрел на свои ногти. Потом морщины на его лбу разгладились, и он продолжил звонить.

Звонил он, как выяснилось, в полицию. Пораженная его обманом – ведь он мне только что обещал, что не будет этого делать, – я гордо отвернулась к стене. Так, в молчании, мы и просидели минут пять: он – скрипя стулом и продолжая что-то писать, я – глядя на стену. Потом он дал мне прочитать написанное. Его репортаж многословно, в деталях, излагал весь мой бесславный поход за супом, бросились в глаза какие-то стилистические и смысловые уродства. «Когда задержанная направилась к дверям, я продолжал следовать...» Я дочитала только первую треть и остановилась. Мне и так было тошно.

Полицейские в количестве трех прибыли быстро, проявили, так сказать, высокую оперативность. Когда они действительно нужны, их не дождешься, злобно подумала я. Под таким конвоем я и пошла к выходу, склонив голову, чувствуя молчаливое неодобрение толпы. Такие, как я, разворовали страну, довели Америку до экономического кризиса.

– Куда меня ведут? – спросила я.

– В участок, – ответил Жестяной, отдавая полицейскому мою сумку и бумаги. На меня надели наручники и подтолкнули в машину. Он смотрел нам вслед, но недолго. Прихватил заблудившуюся на парковке тележку, он покатил ее в специальный загон у входа. У человека была страсть к порядку – вот и все.

В дороге, надо сказать, я подвела базу под свои горькие мысли. Вспомнила эссе Бертрана Рассела о так называемых хороших людях с их банальными представлениями о порядке. Бертран Рассел, правда, ничего не говорил о том, что ворующие суп в магазине – это и есть противоядие от такого зла. Мелькали в окне знакомые улицы, потом замелькали незнакомые. Я закрыла глаза: не будут же меня судить за такую ерунду.

В полицейском участке сидел пожилой дежурный и ковырял во рту зубочисткой. Он посмотрел на меня удивленно. Понятное дело, я не похожа на преступницу, у меня внешность человека культурного, умеющего иронично улыбнуться, когда его ведут в наручниках по коридору.

Он это сразу понял и принес ключи.

Когда кандалы спали с моих запястий, я поделилась с ним новым ощущением:

– Сократ, когда с него перед казнью сняли оковы, сказал, что счастье – это когда проходит боль!

Дежурный посмотрел на меня и пожевал зубочистку:

– Позвонить есть кому?

– Позвонить? – обрадовалась я. – Конечно!

Он придвинул ко мне телефон и, набрав какой-то спецкод, протянул трубку:

– Имей в виду, что нужно восемьдесят шесть долларов и паспорт.

Позвонить мне, естественно, было кому. У меня много друзей. Единственная проблема – у меня не было с собой записной книжки и единственный номер, который я помнила, – это мой собственный. Филипп должен был вернуться только к вечеру. Я все равно позвонила домой и наговорила короткое сообщение: «Филипп, ты только не волнуйся, я в тюрьме. Принеси мой паспорт и восемьдесят шесть долларов выкупа». Я отогнала страшную мысль, что он может прослушать сообщение только завтра или вообще не прослушать. Это тоже долго объяснять...

В Америке в полицейском участке два тюремных отделения: мужское и женское. В предбаннике стоит скамейка, на стене висит доска объявлений. Я прочла что-то о предстоящем в конце августа обеде для бедных слоев населения. На вопрос, долго ли меня тут продержат, дежурный ответил: «А кто его знает, в праздник, в субботу-то!»

Я не теряла надежды вызвать его расположение.

– Что такое? – говорю. – Вы шабат празднуете?

– Шабат мы не празднуем! – ответил он. – Есть еще вопросы?

Конечно, у меня были вопросы. И не один.

Почему бы ему не отпустить меня, ведь я никого не убивала? Я его не задала.

– У меня в сумке сигареты. Можно я покурю? – спросила я.

– Мадам, – ответил он строго и гордо, – в американских тюрьмах не курят! В американских тюрьмах тихо сидят и дожидаются дежурного инспектора.

Потом у него что-то не заладилось с фингератором. Грозясь застрелить какого-то Кастанзу (прекрасно, пусть застрелит, подумала я), он принес коробку с тушью.

– Раньше все было удобней! – говорил он, вытирая мои пальцы салфеткой и снова макая их в тушь, из чего я сделала вывод, что у моих отпечатков очень сложный рельеф. – Тратят деньги налогоплательщиков, потом ни хера не работает.

Моя фраза о том, что хорошо бы закрыть все эти институты и послать всех работать, понравилась.

– Посиди тут, пока придут за тобой, – сказал он миролюбиво, приковывая меня к поручням скамейки.

Плоская бесцветная женщина, которую я поначалу приняла за мужчину, пришла за мной минут через пятнадцать. Она сняла с меня наручники и, открыв дверь на женскую половину, приказала идти вперед, пока она не скажет остановиться. Темным узким коридором мы двинулись мимо камер. Все они были заняты, арестантки лежали на койках лицом к стене. Может быть, у них было время тихого часа. Только в одной камере навстречу нам поднялась красивая блондинка в мини-юбке и кожаных сапогах:

– Hi, honey! – сказала она мне и попыталась улыбнуться, и в этот момент я увидела жуткое преображение. Дело в том, что для улыбки человеку нужно как минимум три верхних и два нижних зуба, но именно они у нее отсутствовали. С тяжелым сердцем я пошла вперед, подгоняемая моей конвоиршей. Мы дошли до конца коридора. Впереди была грубо замазанная белой краской стена из толстого камня, над ней светилось окно.

– Стоп, – сказала конвоирша, хотя я и так остановилась.

Моя камера куковала с поднятой решеткой, как будто давно меня ждала.

«Здесь», – сказал конвоирша и, пригнув мою повинную голову, подтолкнула внутрь.

Неровный цементный пол, низкая, привинченная к стене железной койка, унитаз с желтой проймой мочи – вот что я увидела, оглядевшись. Потом я заметила в углу полукруглую раковину и отвинтила кран. Ничего выдающего из него не полилось, мне даже пить расхотелось. Я закрыла кран и прилегла на койку. Холодно и жадно железо впилось в мои лопатки. Я забыла сказать, что джинсовую куртку с меня сняли и вместе с сумкой спрятали в металлический шкаф. Десять минут я ворочалась с боку на бок, пока не нашла единственное более или менее приемлемое для тела положение. Оно оказалось таким же, как у моих соседок – в позе зародыша, лицом к шершавой стене.

«Ну что, допрыгалась?» – прозвучал у меня в голове знакомый ехидный голос, мой собственный. «Как же так получилось?» – спросил другой, более доброжелательный.

«Ничего, как-нибудь прорвемся!» – любимая фраза мужа, о которую разбиваются все мои жалобы на жизнь. К этой фразе он иногда добавляет кое-какую конкретику: «Еще пару-тройку месяцев – защищусь, найду работу, вот увидишь!» В отличие от него, нашей жизнерадостной одиннадцатилетней дочери снится навязчивый кошмар, будто меня арестовывают. Иногда она просыпается в слезах: «Мама, скажи, что это неправда!»

– Это ты во всем виновата! – сказал мне Филипп. – Не надо было ей Кафку читать!

Но оставим невинного ребенка в покое, ведь дело касается только нас, двух взрослых уродов. Мы сами избрали этот странный путь, мы и будем расплачиваться.

Среди моих американских друзей имелось несколько человек, которые побывали в тюрьме по собственному желанию. Одному журналисту, например, заказали «серьезный» материал о положении в американских тюрьмах. Он в поисках жизненного правдоподобия пошел и украл в магазине пиджак. Разумеется, его на выходе задержали, отвезли, как и меня, в участок. Все уже шло по плану, но тут у него сдали нервы, и он стал звонить в газету. В общем, с жизненным правдоподобием вышел пшик. В газете подтвердили, и через полчаса журналист уже гулял на свободе. Его, правда, заставили, заплатить за пиджак. Я подумала, не взять ли мне его историю в качестве алиби. Не подходило мне все это только по одной причине. Моя редакция состояла из подобных мне несолидных людей с расшатанной психикой и еще более расшатанной репутацией. Мой коллега тоже влип недавно: полез ночью в квартиру бывшей подруги, разбил стекло, расквасил физиономию ее бойфренду. Забавно – когда дело было сделано, он сам же и вызвал на себя полицию. Театральная развязка: он – в кресле, рубашка – в клочья, лицо и руки изрезаны осколками стекла. Она с бойфрендом – в углу, смотрит испуганными глазами. Она за этого бойфренда как раз собиралась замуж, а тут в их жизнь вторгается он, рыдает в телефон, лезет по пожарной лестнице на четвертый этаж. Пойди после этого выйди замуж. Она, кстати, ничего, прекрасно вышла, живет в пригороде.

Господи, до чего нас довели, если мы вынуждены бить стекла и воровать суп в супермаркетах? Пусть меня судят, я скажу. Начну с того, как меня уволили. Хозяин книжного магазина, где я честно служила четвертый год, вдруг решил, что работать у него останутся только «молодые агрессивные продавцы». Он так и сказал: «молодые и агрессивные», и посмотрел на меня. Тут-то я и поняла, почему сослуживцы в последние месяцы не разговаривали со мной. Они уже все знали и не хотели огорчать. Очень гуманно с их стороны. Начну с этого, подумала я.

Или еще лучше начну с более раннего периода. С того, как одиннадцать лет назад у нас родилась дочь, и мы укладывали ее в картонную коробку из-под яблок, потому что денег на детскую кроватку у нас не было. Занять их было не у кого, потому что те, кто мог дать, давно перестал в нас верить. И как мы потом смеялись над одной эксцентричной американкой, которая принесла нашей запеленатой в украденную из роддома простынку девочке серебряную погремушку из магазина Тиффани. Когда я попробовала сдать погремушку обратно в магазин, чтобы выручить за нее триста долларов, ее у меня не приняли, сказали, что она была продана на окончательном сейле. Скидка была ерундовая, десять долларов, но в них-то и заключается вся ирония. В том, что эта щедрая идиотка не могла не сэкономить на нас. Когда я пришла домой, муж сказал: «Это даже хорошо, что погремушка останется у нас. Пусть у ребенка с младенчества развивается чувство изящного».

А еще лучше, если я начну с главного. С того, что мы – поэты, нас и так жизнь немало покорежила. Я скажу на суде то, что говорила своему начальнику, когда он мне выписывал последний чек: «Вот ты читаешь биографии великих, и в них натыкаешься на упоминания о людях, сыгравших в их жизни какую-то роль – кто положительную, а кто и наоборот. Ты при этом думаешь, что все это происходило где-то и с кем-то, а на самом деле это происходит с тобой и прямо сейчас!» Я скажу им это и закончу свою речь тем, что этот проклятый суп они все равно в конце рабочего дня сливают в помойный бак. За всеми этими трескучими размышлениями я заснула, а когда проснулась, увидела разгоревшуюся над моей головой голую лампочку. Может быть, она знала, что где-то за стенами тюрьмы уже занялся вечер, и тихо приветствовала его повышенным горением. Я тоже поприветствовала приход вечера и, перевернувшись на спину, стала изучать написанные на стенах и потолке граффити. Их было много, я запомнила только некоторые. «Life sucks, and then you die», а рядом надпись интимного характера: «Девочки, мастурбация помогает». Другая запись, сделанная губной помадой, ранила меня в самое сердце: «Я люблю Иисуса Христа!» И номер телефона.

Исключительно чтобы скоротать время, я рисовала себе в воображении женщин, побывавших тут до меня. Они виделись мне разными: ожесточенными, добрыми, вульгарными и не очень. У кого-то из них были какие-то близкие, а кто-то остался совсем один на белом свете. О чем они думали, лежа на этой койке? Хотели выйти на свободу или им на этой свободе нечего было делать, кроме как воровать, колоться дрянью, спать на скамейках, укрывшись от дождя ветошью и полиэтиленовыми мешками?

Голода я больше не чувствовала, но мне сильно хотелось курить. Когда мой отец вышел из тюрьмы, я его спросила: «Ну, скажи, как там было?» Он ответил, что если не иметь вредных привычек, то жить можно. Вредные привычки – рабство, – объяснил он и посоветовал мне на всякий случай бросить курить. Я не послушалась его тогда, а зря, сейчас бы, наверное, было легче.

Я стала ходить по камере взад-вперед, считала шаги, считала прутья на решетке, потом снова легла и, кажется, снова задремала, потому что скрежет решетки совпал у меня с видением небольшого демона, скрежещущего зубами. В десять часов, когда моя конвоирша пришла за мной и повела обратным коридором к выходу, мне хотелось расцеловать ее.

Мой отец просидел в тюрьме восемь лет и, освободившись, сказал, что ни о чем не жалеет. Я провела в тюрьме восемь часов и могу сказать только одно – лучше свободы ничего нет.

В предбаннике меня представили женщине – тюремному инспектору. Назначив мне дату суда, она посмотрела на меня и шепнула:

– Возьми частного адвоката!

В понедельник вечером мы с Филиппом сидим на крыльце в ожидании знакомого адвоката. Он обещал заехать после работы. Во вторник – суд.

Знакомый адвокат – его зовут Мэтт – подъезжает ровно в шесть. Знаю я его так: наши дочери дружат, и, заходя за своей, он дежурно спрашивает, как дела, и я дежурно отвечаю, что прекрасно.

Это длинный человек с птичьим лицом и немного развинченной в бедрах походкой. В руках у него пакет с сэндвичем, он приехал сразу после суда. Я немного нервничаю, мне неудобно, что я так низко пала. Отец подруги дочери. В общем, понятно.

Он, видя, что я жмусь и мнусь, хлопает меня плечу:

– Слушай, я тут тоже попался месяц назад. На парковке Стар-маркета выкурил после работы джойнт… Меня пробил такой голод, что я сдуру пошел и прямо в магазине засосал бутылку пенящихся сливок… Короче, что ты украла?

– Суп.

– Еще что?

– Пакет сосисок.

– Понятно, – говорит он, проглядывая мои бумаги. – А ты видела, что подписываешь?

– Разумеется, видела.

– Прочитай вслух!

Я начинаю читать:

– Задержанная вела себя агрессивно, при задержании пыталась съесть вещественное доказательство.

– Что это все значит? – спрашивает он.

– Я, – говорю, – хотела съесть суп.

– После того, как задержали? Ха-ха! Остроумно! – говорит он, оглядывая меня и мужа.

– Точно больше ничего не крала?

Странно, думаю, а ведь для него такой разговор в порядке вещей.

– Больше ничего.

Он посмотрел на часы и заторопился:

– В общем, говорить будешь следующее. Торопилась к ребенку, взяла продукты, когда вышла, вспомнила, что не заплатила. Сразу сообщила об этом спецработнику, который стоял в дверях.

Я благодарно часто киваю. Может быть, слишком часто.

– Что у тебя с головой? У тебя нервный тик? Это бы подошло!

У меня, к сожалению, нервного тика нет, и он продолжает инструктаж:

– Упомяни, что принимаешь антидепрессант! Принеси с собой аптечный пузырек. Если что, врач, надеюсь, подтвердит? Очень хорошо. Главное, повторяю: хотела заплатить, но мне не дали. Все поняла?

Филипп записывает все, что говорит Мэтт. В Гарварде конспекты Филиппа ходили по рукам.

– Что самое большее могут сделать? – спрашивает Филипп у него.

– Могут посадить на три месяца. Для острастки.

Мне очень не хочется возвращаться в тюрьму, даже на день.

– Не волнуйтесь, я пойду с вами, – говорит Мэтт, вставая.

С вечера как зарядил мелкий злобный дождь, так и сыпал, не переставая, всю ночь. И этот же дождь встретил нас утром, когда мы вышли из дому, чтобы ехать в суд.

Здание суда поразило нас своими контрастами. Внутри нехитрой кирпичной коробки оказалась сложная система арок, переходов, лифтов, коридоров, застекленных или разгороженных металлическими барьерами кубиков, в которых сидели, стояли, передавали друг другу телефонные трубки служащие. Казалось, что и над ними идет дождь, и посетители у окошек стоят под дождем, и все мы медленно перетекаем из одного отсека в другой. Честные люди и преступники, стражи закона и воры. На втором этаже мы заполнили какие-то бумаги и зашли в большую темную залу, где Мэтт должен был сидеть отдельно, радом с другими адвокатами, а мы отдельно – рядом с другими преступниками и их родственниками. Передо мной слушались четыре дела. Судили двух придурков, которые застрелили третьего, не поделив девушку, судили парня, вытащившего из машины радиотехнику. Судили женщину, которая по-английски не говорила, и, похоже, не говорила ни на одном из других языков. Ее судили за наркоманию, но тут же сходу отправили на освидетельствование к психиатрам. За этими тремя делами слушалось дело идиота из группы «За жизнь», который рассылал врачам-абортологам письма – мол, собирается взорвать клинику. У всех подсудимых были адвокаты, государственные и частные. Адвокаты сидели на отдельных скамейках за полукруглой деревянной перегородкой. Когда доходила очередь до их клиента, адвокаты подходили к судье, и, наклонившись, что-то говорили ей на ухо. Мой адвокат сидел среди них. Мы перемигнулись.

У меня в голове крутилась фраза: не их судят, а они судят общество. Накануне ночью я пыталась вспомнить, откуда она пришла. Теперь вдруг вспомнила, что из «Живого трупа».

Вот это я им и скажу.

Еще я скажу, что великий поэт Франсуа Вийон был вором. Что у Анри Руссо была клептомания. И процитирую, что говорил лауреат Нобелевской премии Иосиф Бродский. Что он вообще удивляется тому, как это поэты еще не грабят и не убивают, когда общество вытворяет с ними такое.

Судья, интеллигентная черная женщина в серебряных очках, наконец выкликнула мое имя. Дальше все происходило, как в кино. Рука на Библии: обязуюсь говорить правду, и только правду...

Судья зачитала донесение магазинного работника, делая акцент на некоторых двусмысленностях:

– «Задержанная вела себя агрессивно... пыталась съесть вещественное доказательство...». Тут не указано – что конкретно задержанная попыталась съесть? – спросила судья у Мэтта.

Тот слегка поклонился:

– Три банки супа гаспачо и два фунта сосисок, ваша честь.

В зале раздался смех. Судья сняла очки и строго взглянула в ту сторону, откуда он доносился. Потом она опять повернулась к Мэтту:

– Ей это удалось?

– Нет, ваша честь.

Судья кивнула и что-то записала в большом журнале, который лежал перед ней на столе. Потом она снова подняла глаза на Мэтта:

– Почему нет?

– Ваша честь, вы видите ее перед собой! – ответил Мэтт, слегка передернув плечами.

Судья посмотрела на меня долгим изучающим взглядом. Я приосанилась.

– Потрудитесь разъяснить, что вы имеете в виду?

– Ей бы столько не съесть! – сказал Мэтт и снова поклонился.

Судья слегка улыбнулась, но тут же быстро опустила глаза в журнал.

Какое-то время она молча читала донесение. Я ждала, когда же мне дадут слово.

– Что еще было найдено у подсудимой при задержании? – спросила судья, снова обращаясь не ко мне.

– Больше ничего, ваша честь.

Она перечитала, водя пальцем по строке:

– Подсудимая вела себя агрессивно. В чем выражалась агрессия?

– Вступала в дебаты со спецработником, ваша честь.

– Потрудитесь расшифровать. Какого рода дебаты?

– Просила супа, ваша честь! – ответил Мэтт и опять слегка поклонился.

Снова в зале послышался смех. Мэтт продолжал:

– Ваша честь, – воскликнул он, – подсудимая принимает антидепрессанты. У данной группы лекарств имеется побочный эффект... Можете прочитать, это мелкими буквами указано внизу.

Он протянул ей желтый аптечный пузырек, но она отмахнулась:

– Оставьте! Я сама их принимаю уже двадцать лет!

– К тому же, – продолжал Мэтт, – моя подзащитная курит. У курильщиков опасность побочного эффекта вырастает до девяноста процентов.

– Эффект, не эффект, – сказала судья и, стукнув молоточком по столу, что-то прокричала. Я не расслышала, но по реакции окружающих догадалась, что что-то очень хорошее.

– Ваша честь, благодарю, – сказал Мэтт.

Потом был коридор, сияние лампочек, пять пролетов лестницы вверх, потому что лифт не работал, а нам зачем-то нужно было подняться на седьмой этаж. Я попыталась обнять служащего, который выдавал мне расписку об освобождении. Он вовремя увернулся, поднимая с пола упавшую ручку.

Когда мы выбрались наружу, Мэтт стянул галстук и расстегнул воротничок на рубашке:

– Тут неподалеку открылась пивная, – сказал он задумчиво. – Сами варят, надо попробовать!

Мы зашли за угол и сели за столик. Дождь кончился. В Новой Англии бытует поговорка: «Если вам не нравится погода, подождите пару минут, и она изменится».

– Три кружки пива и что-нибудь из еды? – спрашивает нас мой адвокат.

– Отлично – отвечает Филипп, – только мы платим!

Мэтт, отмахнувшись, пролистал меню.

Подошла официантка. Молоденькая, с блокнотиком на ладони, остро заточенным карандашом в руке. Мэтт затараторил:

– Деточка, три пива, три супа гаспачо, три порции домашних сосисок с гарниром. На десерт – два слоеных пирожка с яблоками и связку наручников для дамы!

Она быстро записывала, потом покусала верхнюю губу:

– Не все успела! Повторите, пожалуйста, что последнее?

Нас не спросили

Если не дорожить жизненным опытом, то и не стоило рождаться в этот мир.

Встречаю в кафе Майкла Кремера, он говорит:

– Слушай, я все знаю – заходил к тебе в книжный магазин, мне сказали, что тебя уволили. Я как раз собирался тебе позвонить.

– Не уволили, а сократили, – отвечаю я.

– Неважно. У нас в писательском фонде открылась позиция – как раз для тебя!

– Поэта-лауреата?

– Немного пониже.

– Жаль. Что входит в обязанности?

– Приходишь к семи, расставляешь стулья, включаешь кофейную машину. В восемь начинают приходить писатели. Им всегда что-то нужно. Там ерунда всякая – разберешься на месте.

– Сколько платят?

– Двенадцать долларов в час.

– Я подумаю.

– Пока ты будешь думать, место уплывет! Лучше напиши заявление, я прямо сейчас занесу директору.

– У меня бумаги нет.

– Я понимаю. Напиши на чем-нибудь, я перепечатаю.

– А подпись?

– Воспроизведу.

Свой человек, думаю. Он и был своим человеком: Миша Кремер из Черновцов.

Я написала на куске оберточной бумаги: «Ввиду трудной экономической ситуации я хотела бы работать в писательском фонде N в качестве...». И замялась.

– Как все-таки называется эта низкая должность?

– Работа хорошая, зря ты капризничаешь, – говорит Майкл обиженно.

– Ну, так как же?

– Хозяйка дома.

Я закрываю глаза: о, Боже! А ведь я могла бы приносить пользу!

Когда я однажды зашла к Майклу на работу, писатели слонялись по газону, поглядывали на дорогу. Пустые шезлонги на террасе образовывали замкнутый круг, в одном из них лежало недоеденное овсяное печенье. Секретарша меня остановила, попросила показать удостоверение. Когда она склонилась над столом, чтоб записать его номер, я заметила, что у нее испачкан лоб. Сказала ей об этом. В ответ она сузила глаза и стянула рот в куриную гузку: «Это не грязь, а крест. Сегодня пепельная среда». Если меня примут на работу, эту секретаршу надо будет обходить стороной. От нее исходит какая-то вибрация, как от застрявшей между стеклами осы.

Майкл механически исправляет ошибку в названии фонда и тут же комкает бумагу и бросает ее в мусорное ведро:

– Не пойдет. При чем здесь твоя экономическая ситуация?

– Как при чем? А зачем бы я стала работать?

С этим он не спорит.

– Ладно, я за тебя напишу. Дошлешь резюме.

– У меня нет.

Он уже собирался уходить, но тут снова сел.

– Что ты за человек такой? Тебе деньги нужны или нет?

– Ну, нужны.

– Тогда составь резюме, перечисли места работы, добавь публикации, или что там у тебя?

– У меня книжки, поэтические сборники. Семь штук, – говорю с раненой гордостью. Как всякому неизвестному поэту, мне кажется, что все меня читали.

– Вот-вот, вставь сборники.

Я видела, как работает его мысль: пишет стихи, другой работы не найдет. Майкл похлопал меня по плечу и побежал. Майкл всегда куда-то бежит.

Через два дня встречаемся в том же кафе.

– Заявление я отдал. Где резюме?

– Сделаем.

– Слушай, а как насчет няни для моих детей? Никого на примете?

– Пока нет. Извини.

У Майкла трое детей, все девочки. Жена – не то геолог, не то географ, что-то связанное с неорганическим миром.

– Может, ты тогда попробуешь? – спрашивает он вкрадчиво. – Мне ведь нужно только изредка. Посидишь с девочками?

– Я не могу.

– Деньги хорошие... И не забывай, что я тебя на работу устроил.

– Еще не устроил.

– Считай, что ты уже работаешь. Я там второй человек после директора. Так как?

– Мне с детьми работать нельзя.

– Что такое? Не понимаю.

– Я их теряю. Твоим сколько?

– Два, четыре и семь. А, может, попробуешь разок, у нас на вторник билеты в Симфонический зал.

– Ну, разве что разок.

– Ты мне жизнь спасла! А что за история, кстати?

– Долго рассказывать, ты ж торопишься...

– Да, точно! Ладно, потом обязательно расскажешь. Я люблю твои истории.

Он уходит, а я остаюсь сидеть в кафе и смотреть в широкое окно.

Когда меня уволили из книжного магазина, я неделю переживала, а потом спохватилась: ведь у меня теперь уйма свободного времени и пособие, на которое можно будет сносно жить еще полгода, год. Собиралась много читать, думать, может, написать что-нибудь новое, серьезное. Если же нет, то хотя бы понять, наметить план. Год прошел, как не бывало, пособие кончилось, а я так ничего и не сделала.

В полдень кафе начинает жить своей каждодневной жизнью, общаются студенты, попискивают дети в ногах у ма-

маш. Почему лишь мне не живется? Я поменяла две страны и два языка, а что изменилось в моем мироощущении? Мне все так же неуютно в мире. Я смотрю на детей, заставляю себя улыбнуться – они не виноваты в моем мироощущении. А кстати, с няней у меня вышло следующее.

Я тогда только приехала в Израиль, и моя родственница порекомендовала меня подруге. В смысле детей у той был противоположный Майклу вариант: три мальчика: четыре, шесть и девять. Две недели работаю, и, вроде, нормально, дети меня слушаются. Пусть я не Мэри Поппинс, думаю, но я тоже могу их чему-то научить. Но вот как-то приходим с детьми в городской парк. Хороший летний вечер, только что спала жара, под деревьями большая арабская семья расположилась для пикника. Проходим мимо, смотрю, на скамейке возле детской площадки пируют два знакомых поэта, пьют анисовую водку, закусывают питой с хумусом. Здороваемся. Поэт Танасов говорит:

– Главные имена кто? Айги, Мнацаканова и я.

Менделев качает головой:

– Ты – да, все остальные – фуфло. Русская поэзия в метрополии умерла. Пойми, Вова, их нет. Нету-у.

– Айги есть. Не спорь, Миша.

– Ты их видишь, Вова? Только честно.

– Допустим.

– А я не вижу!

Я хотела потихоньку уйти, неудобно, со мной дети... Танасов меня не хотел отпускать. «Детям тоже нальем», – говорит он. Я, кстати, не была уверена, что он шутил.

Потом у них разгорелся спор по поводу какого-то Дорфмана. Прозаик он или не прозаик. Танасов считал, что да, прозаик. Менделев не соглашался:

– Это – не литература, это – какашки. Тоже мне, Плиний Младший.

Выпили еще. Стемнело. Короче, когда хватились, оказалось, что детей на детской площадке нет. Танасов сходу предположил, что детей украли арабы. Они ему с самого начала показались подозрительными. Менделев категорически отрицал: «На черта арабам чужие дети. У них своих кормить нечем». Мы обошли в темноте все закоулки парка, ворошили кусты, на всякий случай бегали узнавать в магазин на углу, не заходили ли дети туда. Часов в девять мы сдались. Танасов прямо из горлышка допил вторую бутылку «анисовки»:

– Скорей всего детей уже вывезли в Восточный Иерусалим! – сказал он, икая.

После этого они поехали допивать к Дорфману, а я отправилась к матери пропавших детей. Я решила не думать о том, что ей скажу. Я давно уже заметила, что когда я виновата, лучше всего срабатывает экспромт. В Израиле на полную катушку шла интифада. Пропадали не то что дети, пропадали взрослые вооруженные мужчины, а за неделю до моих злоключений пропал целый дом, который палестинские рабочие разобрали и вывезли на грузовиках в сторону поселений. Короче, я пришла к матери детей и все ей выложила начистоту. Она кивнула и стала куда-то звонить. «В полицию звонит...» – подумала я.

– Все в порядке. Они у моей подруги. Сейчас она их приведет, – сказала Эйнат, повесив трубку. – Воды со льдом не хочешь?

Бывает такое состояние, когда вода застревает в горле. Короче, я ей перезвонила на следующее утро и попросила подыскать мне замену.

Возвращаюсь домой и сажусь к компьютеру. В конце концов, говорю я себе: ты же писатель. Что тебе стоит сочинить какое-то резюме?

Майкл звонит в полдень:

– Ну что, готово?

– Почти.

– Когда закончишь, пришли факсом.

– Что за срочность? Столько ждало, может подождать пару дней!

– Директор на месте. Удачный день, у нас праздничная пятница, гулянка перед Пасхой.

– А у меня уже шабес!

– Ха-ха. Пожалуйста, присылай и побыстрей!

Я села за стол и писала до полуночи, потом перечитала. Американская часть получилась короткой, но ясной, зато в русской проступала туманно-романтическая чертовщина. За номером первым шла запись: землекоп, село Данчены, Молдавия. Я работала в археологической экспедиции три сезона. Теперь там, думаю, все поросло кукурузой. Потом была контрабандисткой, возила с границы овечьи шкуры. Я написала, что работала в торговом кооперативе. В восемьдесят четвертом устроилась машинисткой в сельхозинститут. Об этом и вспоминать не хочется. За этим следовало: референт Президента Академии наук МССР.

Между нами говоря, это была обычная секретарская работа: я носила чай и отвечала на телефонные звонки. Мне велено было говорить, что начальник занят. Это была неправда. Мой начальник не был занят. Он спал. Когда-то он был серьезным алгебраистом. В то время, когда я устроилась на работу, ему уже было восемьдесят лет. Выпив в полдень чаю с лимоном, он садился спать за большой конференц-стол. По мере расслабления мышц тело его съезжало в кожаном президентском кресле под стол, так что, заходя отпроситься на обед, я заставала на столе только голову. Человек он был добродушный и рассеянный. Меня он называл не иначе как Маечкой. Потом я узнала, что Маечкой звали его первую секретаршу, когда он только получил «академика». С тех пор у него работали Танечка, Леночка, Людочка и Лилечка. Последняя, уходя в декрет и собирая вещи в коробку, шепнула мне: «президент – душка, но немного того». Я полюбила старика. Казалось бы, на пост Президента Академии наук не могли избрать кого-то порядочного. Он же был исключительно порядочным и даже смелым человеком. В мою бытность он дважды отказывался уволить сотрудников, подавших в ОВИР заявления на выезд. Когда я об этом узнала, я стала смотреть на него другими глазами. Может, он не уходил на пенсию, потому что боялся, что на его место посадят негодяя. Рыжий пушок светился на его круглой голове. На «Маечку» я не обижалась. Кем бы он меня ни считал, он не загружал меня работой и не ограничивал в общении. Ко мне, конечно же, забредали друзья. Как-то у одного ротозея в фойе из-под куртки выпала принесенная бутылка вина. Пол в фойе Академии наук был из светло-серого гранита. Достигнув последней ступеньки, бутылка не просто раскололась, а разорвалась, как противотанковый фугас. Стекла брызнули во все стороны. Может быть, дело удалось бы замять, но, к сожалению, в эту самую минуту в Академию входила делегация ученых из Вьетнама. Главный делегат лег на пол и прикрыл голову папкой для конференции. Он был ветераном войны.

С утра я позвонила Майклу. У меня возникли сомнения насчет последней записи.

– Кем-кем, не понял?

– Калибратором шестого разряда.

– А ассенизатором ты не работала, случайно?

– Калибратор это не ассенизатор, – говорю я с обидой. – Калибратор...

Он мне не дал досказать:

– Ты с ума сошла! Что ты там такое пишешь? Напиши, что преподавала литературу в школе. И все. И не надо никаких калибраторов.

– Но я не преподавала в школе. Меня даже няней в детский сад не брали.

– Не надо ничего объяснять, у меня жена на второй линии!

Я повесила трубку и снова уставилась в экран. Вот так всю жизнь. Всякое действие с моей стороны встречает противодействие со стороны вещей. То, что у всех нормальных людей занимает час времени, у меня занимает месяц. Заявление на получение гражданства я заполняла два года. В полдень я все еще сидела перед компьютером. В нем по кругу плавали цветные рыбы. Заплывали за правый край экрана и возвращались с другой стороны. Иногда экран гас, и я видела в нем свое парализованное задумчивостью лицо.

Есть в этом какой-то парадокс: чем безнадежней было в жизни, тем приятней вспоминать.

Калибратор шестого разряда. Я сижу на резиновом коврике перед горлышком двадцатитонного подземного резервуара. В одной руке у меня шланг, в другой – ведро. Заливаю в резервуар по три ведра, опускаю вниз металлический шест с делениями. Потом вытягиваю шест и нахожу глазами ватерлинию. Когда мы закончим, воду из резервуара выкачают и зальют в него масло или бензин. Я пожаловалась начальнику нефтебазы: вода успевает высохнуть, точности нет. Он посмотрел на меня неприятно ясными от перепоя глазами и велел опустить точность. Я опустила точность – стало легче работать. Но и одновременно труднее, потому что слегка абсурдная доселе работа утратила последний смысл. На соседнем резервуаре работал мой напарник Жора Рошка. Он был баптистом. Я спросила его, в чем отличие баптистов от православных, и он объяснил, что у баптистов нет посредника между Богом и человеком. После этого я тоже решила обходиться без посредника, каковым было неустойчивое оцинкованное ведро, и стала просто заливать воду из шланга. На нашу беду, на нефтебазу заехал министр нефтегазовой промышленности Молдавии. Нас о его приезде не уведомили, как и его не уведомили о том, что мы у него работаем. Когда он вышел из машины, на одном резервуаре сидел обросший волосами баптист с молитвенником, на левом, под чахлой акацией – я с ардисовской книжкой Набокова в руках. Вода лилась из шланга прямо в резервуар. Нас с Жорой уволили через неделю. Через неделю, потому что командировочные выдавались авансом на месяц.

А вот где я действительно преподавала литературу, так это в Америке. Меня взяли на временную ставку, потому что в одном университете в середине семестра умер профессор-русист. Вот так мне повезло. Мои занятия по вторникам и четвергам шли последними в расписании. Студенты приходили уставшие и садились подальше, чтобы можно было спать. В общем, у меня оказалось двенадцать спящих учеников. Как у Христа в Гефсиманском саду. Особенно отсыпался один рыжий парень, он даже иногда похрапывал. Литература не была у него основным предметом, он учился в «бизнес-скул». Ходил он в потертой куртке, джинсах и разношенных кедах без шнурков. Его рюкзак вечно оказывался у меня под ногами. Я прочла его экзаменационное эссе о Ницше и Достоевском и поразилась. Это было дельное эссе, плагиат исключался. После экзамена мы с ним ждали трамвай на конечной остановке. Я поинтересовалась:

– Что ж ты на бизнесмена пошел? Тебе бы философией заниматься...

Он устало посмотрел на меня:

– Я с тринадцати лет жил в интернате. В Олбани есть одно такое заведение, страшное дело, теперь вот брат там.

– А как же свобода воли?

Он развел руками:

– Есть теоретически, но не всем по карману. Нас не спросили, послали и – все. А тут я поучусь четыре года, смекну, что к чему, открою свой бизнес. Надо ж брата вызволять.

– Ты уже все смекнул, займись чем-то, что тебе по душе!

Он помялся.

– Не выйдет. Отец за меня платить не будет, если я еще раз чего натворю.

Я, естественно, его спросила, что он уже натворил.

Он проверил, не стоит ли рядом кто-нибудь из настоящих профессоров:

– Когда я учился в «бординг-скул», моя девушка спросила, нельзя ли привязать ее к кровати. Мне было четырнадцать, ей шестнадцать. У нас в Олбани было жесткое правило: в любой момент на полу должно быть четыре ноги. Нас застукал дежурный по общежитию.

Пришел трамвай, и мы сели. По дороге он опять заснул. Его рыжая голова кивала, склонялась и наконец легла мне на плечо.

Про работу в России я написала просто: с 1983–1990 гг. преподавала литературу в кишиневской школе… Подумала и добавила: двести сорок девять. У нас и школы такой не было.

Мачо Джо собирается в тюрьму

Есть категория людей, умеющих, не перебивая, излучая лицом участие, слушать вас, а при этом думать о своем. Таких людей любят, о них с восторгом говорят – тонкий собеседник! Иногда они и сами начинают в это верить. Я принадлежу к такому типу людей: мимика сочувствия доведена у меня до автоматизма. Слушая, я киваю головой, понимающе вздыхаю. Обычно мне это сходит с рук, но, бывает, я пропускаю мимо ушей что-то очень важное, касающееся меня.

Вот останавливает меня как-то на улице знакомый, которого все знают как Мачо Джо. Это большой, шумный и невероятно словоохотливый человек. Придерживая меня за рукав, он говорит:

– О, привет, хорошо, что увидел тебя! Про мой бардак ты уже слышала?

– Нет, – говорю я, а сама быстро начинаю соображать, сколько времени у меня уйдет на то, чтобы отвязаться от него.

А он уже начинает рассказывать что-то про свою коллекцию. Он торгует индейским искусством уже двадцать лет и, поскольку он всегда озабочен поиском новых покупателей, всегда жалуется на каких-то дилеров, которые сбивают цены, то я ослабляю контроль, или, попросту говоря, ухожу в отключку. Пробуждаюсь только, когда он, сжимая мою ладонь, за что-то бешено меня благодарит:

– Триш так и сказала: они в России еще и не то видели! Так ты, стало быть, согласна?

– Согласна на что? – спрашиваю я осторожно.

– На шесть-семь коробок!

– Каких коробок?

Он всплескивает руками:

– Ты что, меня не слушала?

Я говорю, что, конечно же, слушала и тут же прошу все повторить сначала.

– Короче, – говорит он, – месяц назад меня взяли за жо-пу, был суд, мне дали десять лет. Я, конечно, предчувствовал и до ареста успел кое-что продать, но, естественно, не все. Оставшиеся вещи нужно срочно перевезти, иначе пропадут. Так ты согласна?

– Ты откуда идешь? – спрашиваю я, оглядывая его. Видятся при этом какие-то разорванные наручники, спиленные кандалы на ногах.

На нем обычные штаны и женская кофта поверх футболки:

– А, это... – говорит он. – Микки помнишь, такой худой, бывший гонщик? Его жена мне одолжила.

– Жена? Микки?

– Я ж тебе говорю, меня еще на месяц отпустили. Так можно к тебе перевезти или нет?

Я мычу что-то нечленораздельное.

– Ну и отлично, – благодарно трубит Мачо Джо. – Завтра в пять подъедем, будь дома! У тебя телевизор, надеюсь, есть?

– Телевизор?!

– Ну да, телевизор! – отвечает Мачо Джо, раздражаясь от того, что я все время переспрашиваю. – Мой друг, завтра же бейсбол! «Ред Сокс» вышли в финал! Короче, есть?

– Есть, – говорю. – И, может быть, даже работает.

В пять часов они подъехали – Мачо Джо с Триш и Микки с Джейн. Мужчины сходу принялись разгружать контейнер и перекладывать вещи в коробки, а мы с Триш и Джейн вошли в дом. И вот, сидя на высоком табурете посреди моей кухни, – одета она была во все черное, как будто Мачо Джо уже умер – Триш снова пересказывает всю историю. Я уже все знаю, но люди говорят об одном и том же по-разному.

– Я как раз под душем, он еще спал, – всхлипывает Триш. – Звонок в дверь, я выхожу в халате. На пороге, бог мой, восемь федеральных полицейских с автоматами! Что такое, спрашиваю. Ордер на арест! Я ничего не знаю. Но я действительно ничего не знала! Меня – в наручники, Мачо Джо приковали к раковине в кухне... Восемь часов переворачивали дом вверх дном. Это был такой ужас, такой позор, какого я в жизни не испытывала! Я даже зубы не почистила в тот день!

Всхлипнув, она залпом заглотила остаток воды и посмотрела на нас покрасневшими глазами:

– Десять лет, девочки, десять лет я верила в эту ложь! Как он мог? Потом этот позорный суд. Вы не представляете себе, что у меня был за чудовищный месяц. Он со мной не разговаривал, пил виски и смотрел в окно. Не продал почти ничего. У меня руки опускаются! Через неделю он уйдет в тюрьму, а я останусь ни с чем.

Когда Триш наконец замолчала, Джейн, женщина, мыслящая политически, выразила свои чувства в одном отчаянном восклицании:

– Черт бы побрал эту Бушевскую администрацию!

А теперь давайте всё по порядку.

Итак, Мачо Джо. В миру – за неимением лучшего слова – Мачо Джо имел репутацию высокого класса арт-дилера, специалиста по индейскому искусству. Но на искусстве, как известно, много не заработаешь, даже на индейском. Поэтому, помимо индейских тотемных скульптур, Мачо Джо еще торговал гашишем. С одной стороны, повсюду в их доме на специальных мраморных столиках стояли угрюмые анималистические статуи, и стены были увешаны пестрыми индейскими одеялами. С другой стороны, о которой мы не знали (или не хотели знать), Мачо Джо привозил с мексиканской границы гашиш и коноплю. При этом речь шла не о каких-то жалких унциях и даже не о килограммах, а о тоннах и дальнобойных грузовиках. Наверное, при таком виде заработка Мачо Джо лучше было лечь на дно и затаиться. Но Мачо Джо был не из тех людей, которые прячут деньги под матрас и сами ютятся в развалинах. Мачо Джо не только не затаился, но на виду у всего города стал строить новый трехэтажный дом.

Год назад Мачо Джо закончил великое строительство. Новый трехэтажный из белого камня дом стоял на высоком холме, который тоже принадлежал ему с Триш. С этого роскошного холма открывался вид на леса, поля и огороды, по другую сторону лежал чистый дорогой пригород с игрушечными церквями, отелями и маленькими ухоженными парками. Таким образом, помимо собственно дома, Мачо Джо с Триш оказались владельцами и этого потустороннего сокровища. Выходящий теплым летним вечером на крыльцо мог ладонью, как драгоценности из шкатулки, зачерпнуть весь пригород со всеми его изумрудными и рубиновыми огнями. Когда на патио собирались гости, Триш выкатывала на столике кофе со сливками, тонко нарезанные сыры, ягоды в хрустальных вазочках.

– Все – чистое, органическое, все местного производства. Мы с Мачо поддерживаем местных фермеров! – приговаривала она с гордостью.

Я завидовала.

«Если бы мы вдруг взяли и разбогатели, – иногда произносит мой муж, впрочем, чисто гипотетически, – мы бы взяли к себе жить всех наших друзей-поэтов, а на оставшиеся деньги издавали бы наш журнал!» Вслух я с ним соглашаюсь, потому что неудобно не соглашаться с благородным ходом мысли, но сама я, если порой размечтаюсь, представляю дело иначе. «Я тоже хочу дом и чтоб меня все оставили в покое!» – взвизгивает моя истертая в локтях душа. А бедные друзья-поэты и так живут у нас годами.

Так вот, я завидовала напрасно, потому что в то самое время, пока Мачо Джо разливал в тонкие бокалы французское вино и мы мирно выпивали и закусывали его органическими продуктами, за ним уже велась неусыпная слежка.

Парадокс жизни, подумала я: все мы хотим знать будущее, но что может быть хуже будущего, которое знаешь? Взять хоть моего отца – его тоже в свое время арестовали, но зато еще накануне вечером он спокойно поужинал, утром спокойно сел в троллейбус, проехался до работы…

Доверив Джейн вести с Триш душеспасительные беседы, я вышла на крыльцо. Ясный октябрьский ветерок трепал листья на деревьях, и в воздухе плыла какая-то грустная осенняя нота. Было время заката. Что-то такие долгие красные закаты в последнее время нагоняют на меня тоску. Может, оттого, что все куда-то летит, а я остаюсь?

Доставая скульптуры, мужчины вели степенный разговор:

– ...Ну ладно, понимаю, – говорил Мачо, – промахнулись один раз – не было кандидата! Но когда они избрали этого ублюдка на второй срок, тут уж я совершенно охуел! Это, мой друг, что-то говорит о качестве мозгов в Америке...

Микки задумчиво молчал. Когда он заговорил, голос его звучал хрипло:

– Знаешь, Мачо, – сказал он, – мне иногда кажется, что в такое время за решеткой сидеть не хуже, чем гулять на свободе. Ей-богу, сам бы сел, лишь бы не видеть весь этот бардак! Куда тебя, кстати, определили?

– В Девенс.

– Федеральная? Курорт-спорт! А, кстати о спорте, вы смотрите сегодня бейсбол?

– Ну так? А ты?

– Что за вопрос!

Микки вытащил из стоящего на газоне контейнера бутылку с пивом и поискал глазами открывалку:

– Так ты когда туда...?

– В понедельник. А что?

Микки снова поискал открывалку и, не найдя ее, опустился на крыльцо.

А дальше он делает следующее. Согнувшись пополам – он был худой и гибкий, как ребенок, – он со стороны ботинка просунул в брючину руку и что-то покрутил. Потом он подергал ботинок и вместе с ним вынул кусок ноги. Я смотрела, не отрываясь. Сверху на голени чернел небольшой металлический штырек, которым он поддел крышечку.

Он показал мне конструкцию:

– Протез – сам делал!

Я сказала, что, в принципе, могла бы и за открывалкой сбегать, но Микки уже и думать забыл про меня.

Завинтив ногу обратно в штанину, он поднялся:

– Я могу подвезти!

Мы занесли в дом семь коробок. Мачо Джо заглянул на дно контейнера и вытащил из него последнюю вещь. Это была огромная рыбина из черного малахита; ее вскинутые вверх плавники и судорожно вздыбившийся хвост, должно быть, говорили о содержащейся в ней темной тотемной силе. Мачо Джо поставил ее на траву перед нами и загляделся:

– Эту щуку, друзья мои, я взял у одного черокского мужика еще в восемьдесят шестом году. Две недели курили гашиш, а она все лежала у кровати. Потом я ему говорю: не продашь? «Нет, – говорит, – продать не могу, могу только подарить».

Мы понимающе молчали.

Он сдул с лезвия картонную труху и, прищурившись, поглядел на часы. Зрение, если верить Триш, Мачо Джо подсадил на ночных стриптизах. «Поменьше надо пялиться на голых баб!» – ворчала она, когда он жаловался на глаза:

– Без десяти шесть, пора включать. Вы, надеюсь, остаетесь?

– Джейн вообще-то ночью дежурила… – сказал Микки.

– Понимаю, – ответил Мачо Джо.

Видно было, что он расстроен.

Они зашли в дом, а я осталась сидеть и наблюдать за происходящими на улице переменами. Ровно в три часа улица опустела, жизнь вдруг втянулась внутрь домов, как улитка в ракушку. Опустели детская площадка, перекресток, магазины. Даже непонятно было, как может так опустеть целая местность! Происходило что-то стихийное, вроде отлива. Куда-то подевались все, многодетные мормонские соседи, старушка, бросавшая собаке теннисный мячик. Все было пусто, и только я да еще какой-то мексиканский садовник в соседнем огороде остались от целого городка. Когда в одном из домов раздавались особенно громкие крики, мы с садовником поднимали головы и понимающе улыбались друг другу.

– «Ред Сокс» выигрывают, – сказал он, улыбнувшись мне в очередной раз.

– Похоже, что так.

Он покивал и вышел ко мне, раздвинув кусты руками. Он был не садовником-мексиканцем, а японцем и управляющим филиалом крупной фармацевтической фирмы. Такой уж выдался день – все оказывались кем-то не тем, за кого я их принимала.

Его звали мистер Кимото, и жену его – миссис Кимото. Мы разговорились. Я спросила, что да как и сколько они в этой стране. Они с женой приехали в Америку из Хиросимы двадцать лет назад. Услышав «из Хиросимы», я подумала, что, наверное, не смогла бы жить в стране, сбросившей на нас ядерную бомбу. Интересно, что Бертран Рассел именно так и предлагал сделать: сбросить на Советский Союз ядерную бомбу. В каком-то смысле мы ее сами сбросили на себя еще в тридцать седьмом году.

Он показал на портфолио:

– Альбом?

– Портфолио подруги.

– Ваша подруга – художница?

– О нет! Моя подруга – жена коллекционера и....

Я решила не продолжать.

Когда-то я работала продавцом в книжном магазине, и коммерческая выучка у меня осталась. Она, видимо, навсегда оседает в организме, как радиация. Сначала я, кстати, была с покупателями честна. Если книга мне не нравилась, я отговаривала покупателя ее брать. Задвигала Коэльо поглубже, прятала «Код да Винчи».

Менеджер завел меня в кабинет.

– Ты кем работаешь?

Я растерялась. Выпил он что ли, думаю. Я знала, что он держит в сейфе бутылку с коньяком.

– Ты здесь работаешь продавцом! – объяснил он и вдруг не на шутку разбушевался. – Цель продавца – продать книгу. Не обсудить, не дать свою никому не нужную оценку, не спрятать ее черт знает куда, чтоб потом никто не мог найти, а продать. Поняла?

– Поняла, – трусливо ответила я.

– А теперь иди и работай! И чтоб никакого литературоведения! – прокричал он мне в спину.

Я пошла и стала работать. Продавала книги, литературоведением не занималась. Потом и меня и его, кстати, тоже уволили, но это уже к делу не относится...

В общем, мистер Кимото был на середине портфолио, когда я сказала:

– Великая индейская культура... Могу познакомить с оригиналами! Это – шедевры!

Я думала, что он откажется.

– Пойду, предупрежу миссис Кимото, – просто ответил он.

Когда он вернулся, я с трудом его узнала. Вместо рабочей одежды на нем был темно-синий костюм, с которого он на ходу стряхивал соринку. В руках у него был блокнот и калькулятор. Сердце мое подпрыгнуло от радости.

– А почему ее мужа зовут Мачо Джо? Он что – индеец? – спросил мистер Кимото, когда мы входили.

– Да, – говорю, – индеец. Хотя по нему и не скажешь.

Мачо Джо с Триш, не отрываясь, смотрели в экран, и показывать работы Мачо Джо отказался:

– Мой друг, – воскликнул он, похлопав японца по плечу, – если есть охота, иди, выбирай! А я обязан посмотреть этот матч. Если «Ред Сокс» сегодня выиграет, я могу спокойно садиться в тюрьму. Ты же понимаешь, что второго такого матча не будет еще десять лет!

Мистер Кимото покивал: да-да, конечно. Когда он ушел в гостиную, Мачо Джо тихо спросил:

– Кто этот парень?

– Японец.

– Сам вижу, что японец. Откуда?

– Из Хиросимы.

– Откуда-откуда?

– Из Хиросимы, – повторила я.

– Полное блядство! Ты посмотри на этих кретинов!

Последнее, впрочем, относилось к чему-то в телевизоре.

Только во время рекламы Мачо Джо вернулся к разговору:

– Хиросима – культурный центр! – сказал он. – А где ты его нашла?

– Кого?

– О ком мы говорим? Японца, конечно! – ответил Мачо Джо, раздражаясь на мое переспрашивание.

– В соседнем огороде! Они – наши соседи...

Я начала пересказывать историю нашей встречи, но перерыв уже кончился, и Мачо Джо меня не слушал.

Мистер Кимото отобрал работы очень быстро. В следующем перерыве они с Мачо Джо подбивали итоговую сумму, а я смотрела забавную рекламу. Двое мужчин с жаром общались между собой. «Ты только подумай! – восклицал один. – Сегодня наши болельщики выиграют в двойном размере!» «Но это же невероятно!» – отвечал партнер ему в тон. «Невероятно, но правда!» – радостно подтверждал первый и, переводя взгляд в камеру, обращался ко мне:

– Вы только задумайтесь: сегодняшние ваши покупки удваиваются! Вместо одного кресла – два, вместо одного буфета – два, вместо двух комодов – четыре, вместо четырех стульев – восемь! Лишь бы ваша любимая команда выиграла!

– А она выиграет! – сказал Мачо Джо.

Мистер Кимото взглянул в экран и вежливо улыбнулся. Потом он протянул Мачо Джо две руки:

– А что вы говорили про тюрьму? Я хочу надеяться, что это была шутка?

Мачо Джо пожал только одну из рук, потому что держал стакан с виски.

– Мой друг, ты можешь надеяться, но мне уже и место известно! Можешь меня навещать.

– Навещать буду. Миссис Кимото тоже! – сказал японец и еще раз потряс его руку.

Потом мы отправились домой к Кимото. С акации летели золотые листья, слышался разговор каких-то невидимых, но очень болтливых птиц. Я семнадцать лет живу в Америке, но мне до сих кажется, что птицы здесь говорят по-русски. Одна спрашивала: «Крутить, крутить?» Вторая отвечала: «Четыре, четыре, четыре». Третья добавляла: «Тихо, тихо!»

Приблизительно такой же незамысловатый разговор вели и мы.

– Вы много курите? – спрашивала у меня миссис Кимото.

– Четыре с утра, а там, как получится.

Мне не очень хотелось касаться этой болезненной для меня темы. Болезненной – потому что сигареты стоят дорого. В день – я как-то подсчитала – я выкуриваю на двенадцать долларов, а зарабатываю я в день – это уже подсчитала моя дочь – одиннадцать долларов и тридцать семь центов. Моя зарплата – болезненная тема номер два. Болезненная тема номер три – это метафизика замкнутого круга. Чтобы работать, мне нужно курить. Но когда я курю, я практически уничтожаю плоды своей работы. Подготовка к занятию – пять сигарет. Самопрочистка мозгов после занятия – еще две. Помимо этого, я курю, когда пишу. Стихотворение – тридцать пять сигарет, цикл стихов... Тут уже даже не бралась считать... По сути, мои издержки на курево должны были бы списываться с налогов как профессиональные затраты, но пойди объясни это налоговому управлению.

Супруги дали мне возможность высказаться на тему налогового управления и разом заговорили, перебивая друг друга.

– Вы пишете стихи? А про что они?

Это – болезненная тема номер четыре. Я жила в России тридцать лет. Меня никто ни разу не спросил, про что мои стихи. В Америке меня почему-то об этом спрашивают все, даже профессиональные литераторы.

– Я пишу про все, – ответила я.

Они переглянулись, и мистер Кимото достал из кармана телефон.

– Мы с миссис Кимото хотели бы купить ваши книги. Как они называются?

Я продиктовала названия книг. Птицы продолжали переговариваться. Теперь первая говорила: «Пилить, пилить». Вторая ей отвечала: «вить, вить». А третья, видимо, устав от их болтовни, просто молчала.

– Это, наверное, голубые сойки, – сказала я супругам.

– Да, наверное, – согласились они, но разговор про птиц не вызвал у них интереса.

– А сколько вы зарабатываете с одной книги? – спросила миссис Кимото.

– С одной книги?

Я задумалась.

Мы чокнулись и закурили по третьей сигарете:

– Я почему спрашиваю, – сказала хозяйка. – Я тоже написала книгу, и мы с мистером Кимото хотели ее издать за свой счет. Как это делается?

– А про что ваша книга? – спросила я.

Оказалось, этот вопрос был не столь уж бессмыслен.

– Про смерть, – невозмутимо ответила она.

Все еще продолжая улыбаться, миссис Кимото объяснила, что три раза в неделю работает с умирающими людьми. Приходит, сидит с ними, читает им стихи. Ее услуги оплачивались – в отличие от моих. Сорок долларов в час. Я посмотрела на нее и подумала: не поинтересоваться ли вакантными позициями. Что-то меня остановило.

– Я могу спросить у своего издателя.

– Если не трудно....

– Нисколько. Я обязательно узнаю! – щедро пообещала я ей, заранее понимая, что ничего такого делать не стану.

Почему люди врут, думала я, пробираясь через кусты к себе домой. Ведь никакого же проку мне не было в этом вранье! Может, хочется иногда выглядеть лучше, чем ты есть на самом деле.

Мачо Джо был в прекрасном расположении духа, из чего я заключила, что «Ред Сокс» выиграли.

– Эй, Джипси, – протрубил он (так он иногда называл Триш), – выдай мне подписанный чек!

«У меня уже нет чековой книжки ни хуя», – объяснил он мне он и поинтересовался моей фамилией.

– Может, не надо? – спросила я, но фамилию назвала.

Мачо Джо выписал чек на полторы тысячи и засунул мне в карман.

– Не говори ерунды!

После этого они стали прощаться. На лестнице он мне сказал:

– Послушай меня хоть раз в жизни: поезжай в Мексику. Остатки самой гуманной в мире цивилизации!

Я пошла за ним:

– Разве ацтеки не делали человеческие жертвоприношения?

Это было неуместно, я сразу поняла. Он уже дошел до конца тропинки, но тут вернулся обратно:

– Слушай, – сказал он, – черокскую щуку я оставляю тебе.

Я утерла слезу и ответила, что буду хранить ее до его возвращения.

– К черту возвращение, загони ее японцу за полцены и поезжай в Мексику. Я тебе говорю: великая цивилизация.

И не спорь ты все время, пожалуйста! Знаешь, только не обижайся, ты хороший человек, но у тебя есть идиотская привычка – все время спорить. Не спорь, ты не в России! Улыбайся, кивай, и тебя полюбят.

Я хотела возразить ему, что все не так просто, но вовремя остановилась. Мы обнялись, и он пошел, величаво покачиваясь, закуривая сигару, затягиваясь ей на ходу. До него я знала только одного человека, который затягивался сигарой. Тот во время службы в советском флоте спрыгнул с корабля и плыл до Турции две недели. Я с ним познакомилась в Израиле. Он работал океанографом, ездил по всему миру, опускался на дно нескольких океанов, а умер от мышечного спазма в Кинерете. Судьба, подумала я, от нее никуда не удерешь, ни в Израиль, ни в Мексику.

Мачо Джо грузно опустился на сиденье, и, просигналив три раза фарами, они поехали. Улица снова была пуста, и я снова сидела на крыльце и смотрела на дорогу. Потом стала припоминать, откуда они вообще взялись – эти Мачо Джо и Триш.

Фамилия

– Он вполне может остановиться у меня! – говорила младшая, Галочка, которая жила в Нью-Йорке.

У нее был сильный американский акцент.

– У меня ему будет лучше! Рядом озеро, парк, он будет гулять, – настаивала старшая, Саша.

Он остановился у старшей: озеро, парк. Худой, загоревший на непонятно каком солнце – прилетел он из Москвы в середине апреля, – отец сходу вручил ей привезенные для внучки раскоряжистые русские санки и со знанием дела стал протискиваться к выходу. Бесколесный чемодан в руке, на груди веревки айпода; он и слышать не хотел ни про какое такси. И настоял, и они долго добирались – сначала автобусом, потом на метро, потом пересели на троллейбус и прибыли домой к полуночи.

По такому случаю она хотела разбудить своих.

– Утро вечера мудренее... – сказал он и, чмокнув ее в щеку, пошел спать.

Было утро, чистое, с бледным румянцем на выпуклой воде. Они ходили вокруг озера, и он все хвалил. Природу, чистоту, то, как лежат в специальных ящиках полиэтиленовые пакеты для собачьих экскрементов. А вот у них... Да, впрочем, что там говорить, к чему сравнивать. Совсем другая жизнь. Живи и радуйся!

В четыре часа под окнами зафырчал желтый школьный автобус. Водитель просигналил. Еще минута... Дженни прошла по двору, волоча за собой по асфальту сумку, как упирающего щенка на подводке.

– Ну вот, наконец!

Саша вышла на порог и объяснила ей, что тот голос, в телефоне, – это и есть дедушка Даниил.

– Вот санки, вот сережки – у тебя уши-то проколоты? – спрашивал он, перебивая дочь.

– Что это «уши проколоты»? – удивлялась Дженни.

Он удрученно посмотрел на Сашу:

– Она что у тебя, не знает русского?

– Папа, она же в Америке родилась, здесь по-русски не говорят!

– А где на нем сейчас говорят? – развел он руками.

Жизнь закрутилась. С утра гудела кофемолка, он варил в кастрюльке кофе и разливал его в чашки. В ушах его были наушники, он слушал Малера, иногда начинал отбивать такт ногой, перекрикивая музыку, говорил Саше:

– Надо купить джезву! Ты мне только скажи, где она продается, – я съезжу!

– Чем тебя не устраивает кофейная машина? – кричала в ответ Саша.

Он вынимал один наушник, делал поучающее лицо:

– Тем, что кофейная машина делает дрек, а я делаю кофе. И объясни ты мне наконец, почему нет сахара!

– О Господи, да куплю я, куплю!

– Я и сам могу купить! Но его ведь его и раньше не было!

– Папа, мы не употребляем сахар!

– Разумеется, не употребляете – его же нет!

С внучкой он разговаривал так же, как с дочерью в детстве.

– Дедушка, как дела? – спрашивала Дженни, бросая сумку под стол.

Он старательно поднимал сумку, ставил в угол за плохое поведение:

– Дела, Женечка, у прокурора, у нас же – делишки! А у тебя как?

Внучка вертела головой, по-американски вращала глазами, спрашивала у нее, что такое дедушка говорит. Саша объясняла, что у дедушки такая присказка, что надо быть терпеливой, проводить с ним время, он тебе почитает книжку, он так всегда мечтал увидеть тебя, и вот он здесь. Дженни неохотно шла проводить с дедушкой время, быть терпеливой, слушать книжки. В сказках Пушкина она не понимала половины слов, крокодила Гену называла динозавром. Он прочитал ей «Мишкину кашу». Дженни возмутилась: как это мама могла уехать куда-то, оставить мальчиков одних.

На этом он сломался, пошел звонить Галочке в Нью-Йорк:

— Она спросила меня, почему соседи не вызвали полицию! Что она говорит?

Старшая Саша всегда ждала его возвращений. Ждала в детстве, когда он уезжал в командировки, потом в юности, когда родители развелись. Потом ждала, когда он сидел в тюрьме, в лагере, и вот уже здесь, в Америке, тоже ждала, когда он приедет. Он приехал, и ожидание приехало с ним, прилетело в одном самолете. И через пятнадцать лет все повторилось: его беготня с ракеткой, готовка борща, нарезание бутербродов, отбивающая такт нога. Она умоляла его вынуть наушники хоть за обедом. Он вынимал, но музыка продолжала играть на кухонном столе, рядом с тарелкой.

Поев, он собирал со стола крошки, старательно отправлял их в рот:

— Как у вас все-таки хорошо, ребята! — говорил он ей и мужу. — Живете в нормальной стране. Только бы вот вы нашли какую-нибудь работенку, очень уж бедствуете. И Сашка все время курит, как паровоз! Вместо того, чтобы курить, лучше бы музыку слушала. У нас в тюрьме не давали, так я сам чуть не закурил!

У нее не было времени на его просьбы. Главная из них — повидаться с сестрой. Во взрослом возрасте Саша ее практически не знала. Один раз они встретились, когда Галочка с матерью только приехали в Америку. Поселились они в русском Бруклине, Саша поехала повидаться. Пришлось заново знакомиться. Галочке было шестнадцать, она вежливо говорила Саше «вы». Старшая помогла ей с уроками, попили чай, и она поехала назад, в свой Бостон.

Теперь Галочке было тридцать, она работала медсестрой, собиралась замуж. Как время бежит, как улетают годы!

— А кто жених? — спрашивала Саша у отца.

— Хороший парень! И надо же — грек! — кричал он, перекрикивая свою музыку. — И Галочка очень славная девочка! Только жаль мне, что она забросила скрипку. Это все моя вина!

Его вина заключалась в том, он сидел в тюрьме в важное время, когда Галочка росла и занималась музыкой. Если б не он, она бы сейчас была выдающейся музыкантшей. У нее был абсолютный слух, как и у Саши.

– Да, разбросала жизнь нашу семью, а мне бы так хотелось, чтоб вы дружили! – вздыхал он. – Сделай попытку, ну что тебе стоит? Ведь не чужие!

Наконец уговорил, и поехали вместе в Нью-Йорк. В дороге он читал Довлатова, смеялся, будя ее. На остановке зашли в Макдональдс. Она видела, как он жует, медленно перетирая во рту нежесткую котлету. Зубы у него стали шататься после лагерей.

– Папа, надо пойти к зубному врачу! У нас это сделают за один месяц!

– Есть зубы – есть проблемы, нет зубов – нет проблем, – отвечал он и снова утыкался в книгу.

Саша Галочку опять не узнала. «Красивая, высокая, с серыми глазами», – говорил ей отец в автобусе, как будто они ехали не в Нью-Йорк, а в Нижневартовск. Но когда Галочка заговорила, зажестикулировала, Саша сразу увидела в ней его черты: это особенное характерное всплескивание руками, летучую улыбку – один угол рта вверх, другой вниз.

– Вау, папочка, такой же, совсем не изменился! – кричала сестра, целуя его. – Ой, только что на тебе за курточка? Это тебе еще в тюрьме выдали? Я вот тебе куплю...

– А что такое? Купил на рынке – разве плохо? Да черт с ней! Ты смотри лучше, кого я тебе привез!

Он подозвал странно заробевшую при виде взрослой младшей сестры Сашу.

Галочка бросилась обниматься:

– Ой, Дженничка! Сашка! Какие вы молодцы, что приехали! Вау, вот сюрприз!

Был у него для них подарок, изумивший обеих сестер. На фотографии они, его девочки, держась за руки, стояли на фоне колышущейся виноградной лозы. Саше – двадцать два, Галочке – десять. Галочка залепетала: «Ой, это же у нас дома, на балконе! Дядя Фима снимал!»

– Точно, Фима! Ты помнишь Фиму-фотографа? – кричал он Саше. – Я, старый дурак, и забыл!

Саша вспомнила. Они в тот день ели вишню, ловко стреляя косточками в дерево за балконом. И Галочку научили. Мать Галочки вышла к ним, сердясь, забрала Галочку мыть руки, заниматься музыкой. Они сидели вдвоем, доели вишню, лениво смотрели, как бежит по пустырю собака. Солнце на перилах. Галочкино пиликанье их разморило. Он вскинул голову, поморщился: «Вот дуреха! Там же "ре" нужно, а она в "ми-бемоль" полезла!»

После тюрьмы жена оставила его, и он переехал к старшей. Внес раскладушку, чемодан, а там пластинки, пластинки. Так под музыку и жили, она – в гостиной на диване, он – в спальне на своей раскладушке. Он привел Галочку в гости. Стала она высокой, модно одетой девочкой с его глазами и ртом и с захлебывающейся, как у матери, певучей речью. Перед уходом – отец всегда отвозил ее обратно – он попросил Сашу дать Галочке почитать что-нибудь серьезное. Саша подумала и дала ей «Один день из жизни Ивана Денисовича». Галочка книжку взяла и через пару недель вернула в самодельной школьной обертке: «Вот начала, а дочитать не смогла! Может быть, есть что-то не такое грустненькое?»

Дженни в Галочку сразу влюбилась. Как не влюбиться? Они играли на ковре в Барби. Надели на Барби резиновые сапожки, пальто, повесили на руку розовую сумочку. Барби пошла на работу в госпиталь. Дженни рассадила больных слоников, медвежат. Они лечили зверей, он сидел на диване, все вокруг хвалил: квартиру, обстановку, чистоту.

Галочка кивала:

– Да, да, папочка, мы тоже очень ей довольны! Районом тоже! Магазинами русскими...

Она спохватилась:

– Ну, я даю! Так у меня же русский торт, только я такой резать не умею! Это кто-то может?

Саша покачала головой. Папа уже был весь внимание, с треском потер сухие ладони:

– Было бы что резать!

– Она – тоже наша фамилия! – радовалась Дженни, когда Галочка пошла за тортом.

– Скоро у нее будет другая фамилия! – сказал он. – Когда Галочка выйдет замуж, у нее будет фамилия...

Тут он забыл фамилию грека. Стал вспоминать, щелкать пальцами:

– Ну как же его? Что-то такое на «л»!

Дженни расстроилась:

– Она не будет наша фамилия?

Он посмотрел на дочь, недоумевая, вскидывая брови, разводя руками.

– Она всегда будет нашей семьей, – успокоила ее Саша.

Галочка принесла коробку с «Киевским» и куда-то снова побежала. Они ждали, прислушиваясь к ее голосу за стеной. С кем-то она говорила по телефону. Вышла к ним в мини-юбке и декольтированной кофточке. Белые волосы распущены, в ушах золотые сережки с рубинчиками, которые он ей привез из Москвы.

– Все в порядке? – спросил отец.

– Да, конечно, конечно! Все в порядке, папочка!

Она съездит на «парти», повидается и быстренько вернется обратно.

Дженни очень расстроилась. Она не хотела, чтобы Галочка оставляла их, куда-то ехала. Она не ляжет спать, будет ждать.

– Конечно, конечно! – пропела Галочка, – я же скоро вернусь, здесь близко! – А вы ешьте торт! Я все равно его не буду!

– Я так рад, что вы подружились, – говорил ей отец, когда дверь за Галочкой закрылась. – Ты понимаешь, какая девочка! Я ей на свадьбу привез тыщу долларов – она отказывается брать! Сама же на меня тратится почем зря, айпод вот этот – это ж она прислала, он же, наверное, кучу денег стоит! Уговори ее, а! Ты же старшая, может, она хоть тебя послушается? Я же не отрываю от себя последнее. У меня все есть: жилье, еда, льготный абонемент в концерты. Леонид Григорьич устроил... Ты помнишь его?

Тут он всплеснул руками:

– Какой же я болван! Леонидас фамилия ее грека! По ассоциации же и вспомнил!

Дженни в ожидании Галочки заснула на ковре. Саша переложила ее на кровать, собрала с пола игрушки, легла рядом с дочерью. Отец в углу на надувном матрасе, укрываясь одеялом с головой, – тюремная привычка – прокричал им спокойной ночи.

Она прислушивалась к мягкому дыханию дочери, думая о том, что вот она от его денег никогда не отказывается. Вечно в долгах. И ни разу за все годы жизни в Америке ничего ему не прислала, даже фотографий.

Такая вокруг стояла тишина, что стены казались выше и белее. А музыка в наушниках все играла.

Утром, невзирая на Галочкин протест, он помыл всю посуду. Галочка, бодрая, в махровом халатике после душа – вчера она вернулась, когда все уже спали, – подала бутерброды, поставила на стол сервизные чашки. И, как и вчера, от нее исходил этот легкий сквознячок, будто в душной комнате открыли форточку.

– Куда ты так рано? – кричал он.

– На работу, папочка! Ключи там, на тумбочке!

– Ты бы доела!

– Да, да, конечно, я с собой, по дороге доем! Так мы встретимся в два?

Они доели бутерброды. Саша тяжело поднялась, составила тарелки в моечную машину, прикрикнула на дочь, чтобы та причесалась.

Он уже открывал карту. Нам сюда, потом сюда. После музея они встретятся с Галочкой и Николасом вот здесь. Его палец, как путешественник, который никогда не теряется в незнакомом месте, быстро чертил их маршрут.

За три часа в музее он ни разу не присел. Бродил от картины к картине, загнал вконец. Потом еще была выставка Ван Гога, куда продавались отдельные билеты. «Какие ваши все-таки молодцы! Собрали и привезли со всего мира!» Он подозвал ее к известному автопортрету:

– Я читал где-то, что это он не сам себе отрезал ухо! Это ему другой художник отрубил... Вроде бы по пьяни!

Тут он забыл имя художника:

– Потом скажу, когда перестану об этом думать. Вот так вылетает из головы, а потом вдруг само – раз и вернулось! Что поделаешь, возраст! Но меня, Сашка, честно говоря, гораздо больше беспокоит твое здоровье. Ты бы занялась собой, ей-богу!

– При чем здесь я?

– А при том, что я худого не присоветую. Займись здоровьем!

– Я занята другим!

Он принял комическую позу:

– Целыми днями ты сидишь, уставясь в стенку. Я бы тоже был занят! Это требует серьезного напряжения! Но когда мы наконец сделаем те несколько дел, о которых я прошу уже годы? Кармину Бурану ты мне обещала записать два года назад!

– Папа, он же фашист!

Отца невозможно было взять голыми руками:

– Ну, хорошо, понимаю, он – фашист! А джезва – тоже фашистка?

– Джезва – турка, турки были коллаборационистами...

Нет, слишком грубо. Он все равно был остроумнее.

Галочка с женихом уже были там, у ресторана. Оба стройные, нарядные – он в белом костюме, в цветастой рубашке, она в розовом платье с низким шелковым воротом – они стояли в подвальной арке, похожие на два цветка в прозрачном кувшине.

Все долго целовались, впопыхах попадая то в нос, то в губы. Грек был красивым загорелым парнем, с детской ямочкой на левой щеке и очень ровными белыми зубам.

– Даниил! Вы едите морские продукты? – кричал он, тыча пальцем в меню.

Отцу перевели. Он развеселился:

– Скажи ему, что я ем все, что ползает, кроме танков, все, что плавает, кроме подводных лодок, и все, что летает, кроме самолетов.

Опять перевели. Жених, вежливо посмеявшись, закричал:

– Аппетит! Корошая аппетит!

– И скажи ему, что я не глухой! – добавил отец, показывая пальцем на уши.

Он так всех сорганизовал, что все были при деле. Справа Саша переводила его жениху, слева Галочка – жениха ему.

Им принесли рыбу, осьминогов и какую-то огромную клешню, похожую на запеченную варежку. Отец уже любопытствовал насчет сладкого.

– Сашка, она знает, что я сладкоежка! Вот, кстати, про сладкое, был у нас в тюрьме такой случай... – Он потребовал, чтобы переводили Николасу и Дженни тоже. – Сидим как-то вечером, достали, у кого что было. А в тот день как раз привели новенького… Был он цековский, но, видно, бывали и среди них порядочные люди. В общем, поел он с нами, а потом говорит: «Вот бы сейчас закусить это дело чем-нибудь сладеньким!» И тут я вспоминаю, что мне Сашка на свидание как раз притащила полкило халвы. Помнишь? Ну вот. Нагибаюсь и вытаскиваю из-под нар пакет. Новенький, конечно, обалдел: «Да у вас тут, говорит, лучше, чем в нашей столовой».

Он рассмеялся, и за ним рассмеялись все. И Дженни тоже, хотя и не понимала ничего. Но дедушка Даниил был такой смешной, такой хороший, беззубый и смешной!

Им нужно было уезжать, но он хоть краем глаза хотел посмотреть Манхэттен.

Было душно. Листья платанов висели, как лопухи после жаркого лета. Дженни не поспевала. Саша тянула ее за руку, волнуясь за его сердце. А он все хвалил какие-то дентикулы и аркбутаны, и кричал им назад, несясь впереди:

– В России все-таки не понимают, говорят: ихняя архитектура, то есть ваша, давит. Ты ему переводи, Сашка! Это важно, чтобы он понял, от какого быдла вы удрали! Вот привез меня к себе один клиент, показывает какую-то итальянскую балясину, которую он притащил оттуда. Построй мне, говорит, к ней дом и еще таких поставь! А она же балконная! Вот что давит – убожество, безграмотность! А то, что они высокие, совершенно не давит, вообще не чувствуется!

Она перевела. Николас улыбнулся. Улыбка у него была солнечная, как амфитеатр.

Так, гуляя, дошли до станции, отыскали автобус. Галочка, запихав ему в сумку какой-то пакет, подбежала, чтобы успеть расцеловать сестру, племянницу. По ошибке расцеловала и жениха. Смеясь, повторила шутку. Отец же всегда прощался быстро.

– Анекдот. Переведи ему. Чем отличается англичанин от еврея? Тем, что англичанин уходит, не прощаясь, а еврей долго прощается и не уходит! Ну вот, давай, доченька, не забывай старика-отца!

Галочка закивала:

– Что ты, папочка! Как я могу тебя забывать?

– Американка, американка! – говорил он, входя в автобус и жестами в стекло показывая Галочке, чтобы шли, не ждали, пока тронутся.

Те послушались, помахали на прощанье, Галочка послала воздушный поцелуй:

– Бай, папочка!

– Бай-бай!

Три задних сиденья пустовали. Пусть Дженни смотрит свои «говорящие головы», раз ей интересно! Ах, как повезло, все вместе сели – как замечательно! И снова он читал Довлатова и смеялся на весь автобус, так что на него оглядывались. Потом спохватился, вытащил наушники:

– Что это она мне тут понасовала такое, я ж даже не посмотрел...

Выложив из сумки на колени сверток, цветной, блестящий, бесповоротно круглый, он поискал в кармане очки. Не нашел, отругал себе:

– Старый дурак, забыл в ресторане. Ничего, Галочка перешлет... Где-то же, наверное, эта штука открывается...

– Да разорви! Ведь бумага! – сказала она раздраженно.

– Нет, подожди!

Ища незаметный кусочек скотча, он водил и водил по свертку острожной рукой. Что-то нашел, бережно отлепил и, чтобы ничего не повредить, стал отворачивать – верхний блестящий лист, за ним розовый, голубой, потом еще салатного цвета. «Во дает, во наворотила!» Лицо завороженное, как у ребенка, открывающего новогодний подарок. Наконец открыл и вынул. Медную джезву.

Брегет

У меня были золотые швейцарские часы-брегет. Они достались мне от деда, к которому они перешли в наследство от его отца, торговца мануфактурными изделиями из города Леово. За этим брегетом мой не лишенный сентиментальности дед однажды вернулся домой в очень неудачное время, а именно 22 июня 1941 года, когда все остальные родственники и знакомые, кто как мог и на чем мог, старались уйти из пограничного с Румынией городка. Румыны были коллаборационистами, в шесть часов они так рьяно принялись истреблять евреев, что самому архитектору геноцида Адольфу Эйхману пришлось вылететь из Германии, чтобы обуздать их пыл.

Показывая кому-нибудь часы, я говорила «швейцарский брегет», – и рассказывала эту историю.

Дед часы спас, но мост уже взорвали, он отстал от беженцев и потом еще три месяца мыкался по всем станциям от Молдавии до Киргизии, разыскивая своих.

Мой слушатель обычно кивал головой: вещь с историей.

Еще у меня был знакомый вор-карманник Коля. Его я знала на протяжении пятнадцати лет, из которых на свободе он провел только пять, а остальные сидел. В последний раз Колю посадили за кражу мяса у зоопаркового льва. Произошло вот что. Гуляя с детьми по зоопарку, Коля увидел, что работник положил в клетку огромную говяжью вырезку. «А мои дети едят хрен знает что!» – сказал Коля и, когда работник удалился, вошел в клетку. Лев Колю не тронул. Колина ли дерзость его восхитила, или лев угадал в Коле собрата по неволе, но он повел себя благородно. Зато люди, люди… Кто-то, конечно, стукнул, и Колю повязали прямо на выходе и судили за издевательство над животным и мелкое хулиганство. Это его обижало, потому что животных Коля любил больше, чем людей, и к хулиганам себя не причислял, и даже наоборот, как скоро покажет эта история, с хулиганством боролся. Сам же он был повсеместно уважаемым в криминальном мире вором в законе.

Рассказывая про Колю, я всегда добавляла: «Коля – вор в законе». Человек с удивлением спрашивал: «Неужели такое еще бывает?» Я объясняла, что да, бывает. Один журналист, через которого я хотела получить подработку в газете, не остановился на моих россказнях и попросил его с Колей познакомить. Устроить это было просто, потому что Коля жил на одной со мной лестничной клетке. Я пригласила Колю, журналиста и для атмосферы еще двух друзей, Клаву и Шурика. Для начала я показывала брегет, потом мы перешли к главной части.

– А что, Коля, собственно, значит – «вор в законе»? – спросил журналист, наливая Коле рюмку.

Вопрос не застал Колю врасплох. Он поднял рюмку, понюхал:

– А вот то, Леня, и значит, что, где бы я ни сидел, мне будут наливать первому!

Журналист вежливо посмеялся:

– Ну а все-таки?

– Жизнь наша, – начал Коля, и взгляд его больших, чуть вылупленных глаз заволокся, – она вроде зыбкой паутины, в которой можно увязнуть по самые помидоры, а можно и подняться. Я, Леня, могу потянуть ниточку здесь, а далеко на севере, на другой колючей зоне, аукнется.

Я уже была знакома с Колиной теорией, но мне было интересно, что скажет журналист.

– Это же чистая эзотерика! – сказал он. – Как же ты вытаскиваешь кошелек?

– А ты что, Леня, про меня в газету писать будешь?

Журналист сказал, что про конкретно Колю он ничего писать не собирается.

– Мне образ важен. Образ – это изображение внутреннего мира, – объяснил он.

Колю объяснение устроило. Они вышли на середину комнаты, и Коля слегка толкнул журналиста в бок. Тот нервно улыбнулся и принял боевую стойку. Коля похлопал его по плечу:

– Да ты, Леня, расслабься!

– А я совершенно расслаблен, – ответил журналист. – Но учти, что меня так просто не сделаешь.

– Ты уверен? – спросил Коля с улыбкой.

Предвосхищая развязку, я тоже улыбнулась. Журналист, разумеется, ахнул, когда Коля протянул ему бумажник. Все это я проходила уже не раз.

– Чистый гипноз! Тебе бы в цирке работать! – сказал журналист, поспешно убирая бумажник в карман.

Коля был польщен, и мне тоже было приятно, что благодаря мне происходят такие интересные встречи. Еще выпили, еще посидели. Журналист прочитал стихотворение «Прогулка по камере». Человек он был солидный, в пиджаке, прозвучало немного претенциозно, но Коле понравилось. Польщенный, журналист хотел еще прочитать по памяти «Письма римскому другу», но запнулся на второй строфе и, добавив только, что автор тоже сидел, а теперь находится в местах отдаленных, предложил выпить.

– За свободу всех незаконно осужденных! – сказал Коля, вставая.

Мы выпили, после чего была моя очередь рассказать что-то. Я и рассказала. У пивных автоматов рядом с кладбищем, где мы с подругой вечером пили пиво, к нам подошли двое. Один был худой, в желтой кофте. Второй был бритый крепыш в безрукавке, на плече у него синела наколка. «Погода выдалась отличная», – начал худой и в незамысловатых выражениях предложил прогуляться по кладбищу. Мы, естественно, отказались, и худой отступил. Бритый же крепыш действовал более решительно. Он взял подругу за локоть, в ответ на что она, женщина красивая и гордая, преподаватель литературы в Институте искусств, с размаху ударила ухажера сумочкой по голове. Обстановка складывалась неприятная, и тут-то я и поинтересовалась, не знают ли они Колю Мотыля.

– Тебя, то есть, – сказала я Коле.

Колины тонкие брови взмыли вверх. Он спросил:

– Они знали?

– Они знали, Коля!

– Мотыль – это твоя фамилия? – перебил журналист, берясь за блокнот. Ручка торчала у него из кармана пиджака, и, расписав перо, он быстро что-то застрочил в блокноте.

– Кликуха у меня такая, Леня, – ответил Коля и снова повернулся ко мне.

– А что была за наколка у бритого? Не кинжал со змеей?

Я сказала, что в темноте не разглядела – может, и кинжал, может, и со змеей.

Коля нахмурился:

– Это – Боров, он недавно освободился.

– Хм, – сказал журналист и, записав что-то в блокноте, поднял на Колю глаза:

– А откуда ты знаешь?

– Знаю что? – не понял Коля.

– Что это... Как ты его назвал?

– Боров?

– Да.

– Как не знать? Ты же, Леня, своих коллег знаешь! Так вот, я тебе ручаюсь, – сказал Коля, снова поворачиваясь ко мне, – что сюда он больше не ходок, можешь спокойно пить свое пиво!

Я испугалась, в основном за Колю, и поспешно добавила, что они нас не тронули. Даже пиво купили за свой счет.

Коля грозно молчал с полминуты, потом покачал головой:

– Это уже неважно.

– А второй? – спросил журналист. – Его тоже знаешь?

– Жорка это. С Малой Малины, – сказал Коля задумчиво. – Он – шестерка и дурак, его тоже здесь не будет!

Журналист снова что-то записал и поглядел на нас.

– Это чистый Бабель!

Коля удивленно поднял брови.

– Бабеля не знаю!

Журналист объяснил, что Бабель – это такой писатель из Одессы, и Коля улыбнулся. Одессу он уважал. Сам он был родом из Николаева, в Одессе жили какие-то его родственники.

Когда весь коньяк был выпит и все слова были сказаны, Коля отправился спать, а мы продолжали сидеть и рассуждать про воровскую жизнь.

– А я не нахожу в жизни воров ничего интересного, – сказала Клава. – Ну что можно добавить к Диккенсу или к тому же Бабелю?

Журналист считал, что есть что добавить, если подойти к теме глобально.

– Это ведь целый мир со своими правилами, ритуалами, я бы даже сказал, моралью. Я уверен, что у этого Мотыля были в жизни настоящие драмы. Вот описать бы, например, как он стал вором, почему он пошел на такие крайности, как он чувствовал себя после первой кражи. У него ведь, наверное, и личная жизнь имеется. Ведь, меж нами говоря, этот Коля достаточно хорош собой.

Насчет личной жизни моего соседа журналист, можно сказать, попал в точку. Коля был женат четыре раза и все на одной и той же женщине Наташе. На данном этапе – мне иногда трудно было поспеть за динамикой их отношений – Коля опять спохватился, что жить без нее не может, и делал отчаянные попытки вернуть Наташку домой. Уверял, что поедет на заработки в Сибирь, но что-то все откладывал. А что касается морали, то «не руби сук, на котором сидишь» было его любимой поговоркой.

Клава не соглашалась с ним:

– Но мне неинтересно рассматривать в микроскоп каких-то насекомых. Все это было, было, было! – восклицала она.

У Шурика, который работал на телевидении, было мнение, что писать следует о людях своего круга, которых знаешь и понимаешь. «А вор, он и в Африке вор», – говорил Шурик, не замечая, что сам себе противоречит.

Мы засиделись за этим разговором допоздна. Первым спохватился журналист, которому с утра предстояла командировка на овощной завод. Предыдущие два дня он тоже там провел.

– Сплошные обеды, материал застопорился – пожаловался он, откланиваясь.

После журналиста, романтично обнявшись, ушли Клава с Шуриком. В прекрасном настроении от удачно сложившегося вечера – мне показалось, что все остались довольны, – я принялась убирать в комнате. Открыла окно, чтобы выветрился запах одеколона, которым журналист, видимо, заглушая запах овощного завода, облился чересчур обильно, вынесла на кухню стаканы, тарелки и тогда-то, когда стол очистился, заметила, что брегета нет. «Спокойно, – говорила я себе, – материя не возникает из ничего, но и, слава Богу, не исчезает бесследно». Я заглянула в ящик стола, в тумбочку, пошарила на книжных полках. Брегета не было. В принципе, у своих Коля ничего не брал, но я вспомнила, что однажды по пьяному делу он стащил у меня подаренный одним иностранцем портативный диктофон. Потом разбудил среди ночи, бешено извинялся.

Я решила оставить все до утра и пошла спать.

В десять часов утра Коли не было, и я решила его потревожить. Мне было очень неудобно, ведь он все-таки был моим другом.

– Какие люди! Милости просим! – обрадовался Коля.

По тюремной привычке спал он в брюках, а единственной рубашкой занавешивал окно. Я попросила Колю не обижаться, и объяснила, что у меня накануне, когда мы сидели, пропал брегет.

Коля и не думал обижаться:

– На обиженных воду возят, – ответил он и стал выверчивать карманы. Из одного он вытащил расческу, из другого выпала розовая салфетка из ресторана «Дойна».

– В прошлое воскресенье Наташку сводил, – похвастался он, поднимая салфетку. – Давай ищи!

Мне стало еще неудобней: в комнате имелось три предмета. Матрас, под который мы заглянули, гитара, на которой Коля играл, и колесо от несуществующей машины. Уходя, Наташка вывезла к родителям всю их нехитрую обстановку. Коля потребовал, чтобы мы осмотрели кухонный буфет. Его Наташка не смогла забрать, потому что буфет был привинчен к стене. Кстати, привинтил его сам же Коля, но не чтоб Наташка не унесла, а чтоб самому в запальчивости не пропить.

– Может, я по инерции стащил! – настаивал Коля.

Я отказалась осматривать буфет.

В последующие недели я продолжила поиск дома. То мне вдруг приходило в голову, что брегет завалился в ящик дивана, и, открыв диван, я заглядывала в его темное нутро. То я вспоминала, что еще не смотрела в кладовке с постельными принадлежностями. Потом, мысль о Шурике не давала мне покоя. Странная вещь – подозрение! Начинаешь замечать то, чего раньше не замечала. У нас в институте на курсе по психологии однажды провели эксперимент. Показали фотографию человека и сказали, что он насильник и убийца. Вроде смотришь после этого на фотографию и видишь, как жестоко сверкают глаза, как глубоко и порочно пролегла над переносицей морщина. А в другой, параллельной группе, про того же человека сообщили, что он известный ученый, и люди тут же углядели в его лице печать выдающейся личности. Морщины, глубокая черта на переносице говорили о тяжелом умственном напряжении. Поди разберись в человеческом лице. Что оно значит? Его глаза, улыбка?

Спросив у Шурика, который час, я замечала, что тот нервничает, отвечает слишком поспешно. Короче, задал мне пропавший брегет загадку. А напрямую спросить не получалось. Только открою рот, как вспомню, что у этого Шурика мать – инвалид, что он за ней ухаживает чуть ли не с детства. Может, думаю, ему понадобились деньги, чтобы сиделку нанять, а попросить было неудобно. В конце концов, я решила прекратить этот унизительный поиск. И действительно, жить вроде стало проще.

А как-то полгода спустя я увидела в витрине ломбарда брегет. У меня не было сомнений, это был именно мой. Я вошла в магазин, и продавец, пожилой круглолицый еврей, с удовольствием мне его принес – вещица ему самому нравилось. Он, полюбовавшись, протянул мне его. Брегет был теплый от солнца. Когда он занял в моей ладони знакомое место, сердце у меня на секунду сжалось, а потом отпустило. Продавец хотел мне показать, как он открывается, но я и сама знала.

Я спросила, кто сдал. Продавец стал припоминать:

– Мужчина импозантный, при пиджаке…

Вот и весь внутренний образ, в четырех словах.

Как можно небрежней я поинтересовалась о цене. Продавец посмотрел на брегет, на меня.

– Сердце мне говорит, что вам это будет стоить сто рублей.

Я удивилась, даже обиделась:

– Всего сто? Он ведь золотой, швейцарский!

Продавец расхохотался:

– Золотой, швейцарский! Дай тебе Бог такого жениха, деточка! Золотого, швейцарского!

Он стал что-то показывать, водить по ободу толстым шершавым пальцем. Проба другой номер, печать на крышечке не та... Я, как ни смотрела, ничего не могла разглядеть. Все было мелко, неразборчиво.

– Брегет румынский, золото дутое, турецкое. Но что да, то да – вещь сработана со вкусом! – объяснил он мне.

Я вернула ему часы и вышла из магазина. Все равно у меня не было денег.

Но семейная вещь, видно, крепко держала меня. Месяца два я не могла успокоиться, потом не выдержала и пошла проверить, там ли он. Брегет все так и лежал в витрине, будто ждал одну меня. В общем, делать было нечего, одолжила я у журналиста под будущие статьи сто рублей и отправилась в ломбард. Продавцу я ничего не объясняла, да он и не спрашивал, просто обернул мой брегет куском газетной бумаги, перетянул ниткой и положил на прилавок.

Кстати, именно в этой газете была моя последняя статья: «Время и бытие в стихах молодых поэтов Молдавии». Заголовок ей дал журналист и очень им гордился. Ни про какое бытие в статье не говорилось, а что касалось времени, то выходила неувязка. Обсуждаемым «молодым» поэтам было за сорок, мне же исполнилось двадцать два. Я намекнула журналисту, что странно мне называть их «молодыми», они мне в отцы годятся.

– Время – это метафора, – ответил журналист уставшим голосом и вдруг расстроился. – И вообще, при чем здесь ты?

Я заметила, что я все-таки автор.

– Тебя никто не знал и знать не будет! Сравнение должно быть не с собой, а со стержневыми поэтами поколения. Кстати, не забудь вставить их в следующий раз, а то пойдут обиды, – добавил он.

«Кстати, надо будет не забыть», – сказала я себе, опуская брегет в карман.

При сочинении следующей статьи я вставила «стержневых» в первый же абзац. Мне-то что, пусть сравнивают, с кем хотят! А про брегет я журналисту тоже ничего не сказала: твердым моралистом я не была тогда и сейчас не стала.

С тех пор многое поменялось в мире. Союз распался, Молдавия откололась от России, журналист к России примкнул. Молдавского языка он не знал и учить не захотел. В интернете иногда мелькают его «материалы», окрашенные дымкой ностальгии, воспоминаниями об интересных годах работы в молодежной газете. Я же давно живу в Америке. И вот я сижу за свои столом, по Колиной версии, на другом краю паутины, и думаю: в чем-то одном журналист все-таки ошибался. Время не метафора. Как-то оно капает на шестеренки истории, вращает стрелки. Когда останавливается, я подкручиваю золотое дутое колесико, и время снова начинает стучать. Во всем остальном журналист был прав: меня действительно никто не знал тогда и сейчас не знает.

Памяти Шанхая

Когда мне исполнилось шесть лет, мои родители переехали из Донецка в Кишинев и поселились в белом одноэтажном домике, где с послевоенных времен жили мамины родители. Я еще не видела бабушки и дедушки и удивилась, когда мне сказали, что я уже когда-то гостила у них. Район назывался Шанхай, и домик уцелел потому, что спрятался во дворе огромного нового универмага, выдавая себя за какую-то универмаговскую подсобку. Дед Наум знал директора магазина, который по приезде городского начальства прибегал к нам, живущим, по сути, у него во владеньях, и умолял об одном – спрятать куда-нибудь козу. Да, соглашался дед, и волок козу в дом. Сюда же приносилось несколько незаконных петухов с курами, и постепенно наша кухня начинала напоминать хлев. Пахло пометом, шерстью, свежей травой и соломой.

– Ироды, – громко кричал дед, выглядывая в окно начальничков, вылуплявшихся из машины «Волга». Они выходили на берег большой шанхайской лужи и сразу же устремляли взгляды в наши тусклые окна. Соседи предсказывали, что скоро и нас снесут, потому что мы антисанитарные. Дедушка не любил этих разговоров: «Скорей мой петух снесет яйцо!» – отвечал он, погрозив кулаком в небеса. Его лысина, плавно накатывающая на большой упрямый лоб, покрывалась потом, и он утирал ее белым батистовым платком с вышитыми в углу загадочными буквами.

Вообще дедушка сразу вызвал у меня восхищение. Мне нравилось, что у него такая большая гладкая голова, что он ее бреет перед медным зеркалом, а потом полирует массажной щеткой, что голова блестела на солнце. Я заметила, что он не дает животным клички, а пользуется общими названиями. Мне это казалось свидетельством его особых уважительных взаимоотношений с животным миром. Так, козу он называл «Кóза», слегка сбивая ударение набок, потому что русский у него был не родной. Аналогичным образом в доме имелась Кошка, не говоря уже о таинственных Собаках.

Днем дедушка был уличным фотографом и стоял рядом с памятником молдавскому царю на углу улиц Пушкина и Ленина. Царь делил площадь с Лениным и звался Штефан чел Маре. Дедушка фотографировал людей на его фоне, а к Ленину не подходил, хотя там было больше желающих сфотографироваться. К Ленину приезжала свадьба с лентами на машине, и жених с невестой долго стояли перед ним, склонив головы, как будто ждали благословения. А Ленин смотрел поверх них и показывал рукой на Арку Победы. Но дедушка предпочитал место у памятника Штефану, где не было ни «Волг» с лентами, ни пионеров с красными флажками и барабанами. Я садилась неподалеку на скамейку с булкой в руке, дедушка в белой рубашке с закатанными рукавами и с фотоаппаратом на ремне выхаживал взад-вперед между парком и памятником Штефану. Парк Пушкина был у меня за спиной, слышалось шуршание по дорожкам шлангов, которые рабочие тянули вдоль аллей. Мякиш желтоватой булки с изюмом доставался голубям, а мне – самое вкусное, горьковатая глянцевая корка. Дедушка иногда оглядывался на меня, удостоверяясь, что меня не склевали голуби, не увели гуляющие по парку цыгане. В середине дня, когда солнце висело прямо над памятником, мы с дедушкой шли через дорогу в кафе и ели мороженое.

Я старалась не раздражать дедушку и есть культурно. Мы съедали по две порции пломбира и потом пили сок. Дедушка хорошо знал, на какие фрукты или овощи был сезон, и соответственно выбирал такой же сок. Если зрели персики, то мы пили персиковый с мякотью, и, когда мякоть застревала в моей пластмассовой соломинке, я выдувала ее, пуская в стакане большие розоватые пузыри. «Ну-ну, девочка, – укоризненно говорил дедушка. – Ты же не в шахтерской деревне!» Потом мы возвращались на наши рабочие места: я – на скамейку, дед Наум – к памятнику.

Я никогда не спала днем. Но зато вечером я валилась с ног, что очень радовало всех домашних. А потом приходил новый длинный день, и весь он был мой, и я опять сидела на скамейке и смотрела, как дед фотографирует. Однажды рабочие прочистили фонтан, и он забил с такой силой, что утром, когда мы с дедом пришли, мы сначала подумали, что построили еще один памятник. Когда жара одолевала меня, я ложилась на высокий каменный борт, и постепенно мой красный в горошек сарафан, сшитый бабушкой из старой ночной рубашки, становился прозрачным и тяжелым от воды. Моим высшим достижением, которое я тут же продемонстрировала деду, было, свесившись вниз головой, ловить ртом струю воды. Так сладко было уставать от пекущего голову солнца, от теплой пыли, летящей вместе с белыми троллейбусными билетиками по дорожкам парка. И чем жарче становились дни, тем больше я любила вечерние возвращения в наш старый дом с кухней и комнатой, перегороженной китайской ширмой.

От выпитой фонтанной воды у меня ночами иногда болел живот. Тогда дедушка садился передо мной на стул и рассказывал свои истории. Красивый, в белой рубашке и черных подтяжках, обтягивающих сильные плечи, он всегда ночью был ласков со мной:

– Один бессарабский еврей... – загадочно начинал он и смотрел на меня своими круглыми коричневыми глазами, – хотел жить в Санкт-Петербурге, но у него не было разрешения селиться вне черты оседлости. Однажды, набравшись храбрости, он все-таки решил поехать. У этого еврея в Санкт-Петербурге был друг-выкрест, к нему он и заявился со своим чемоданом. На следующий день они пошли гулять и вдруг слышат – полицейский свистит. «Я побегу, а ты оставайся!» – предложил друг. Полицейский, конечно, погнался за тем, который побежал. Он догнал его только через пять кварталов. А кварталы, девочка, в Санкт-Петербурге длинные-предлинные! «Где твой вид на жительство?» – спрашивает полицейский. – «Вот!» – «Так почему же ты бежал?» – «Так по инерции!»

Смеясь, дедушка утирал глаза батистовым платком:
– Поняла?

В рассказе было много слов, которых я не знала. Но мне было все равно, вообще меня занимало другое:

– Деда, а откуда у тебя такой платок? – спрашивала я.

Дед задумывался, проводил по голове рукой:

– Подарок одного миллионера. Но ты еще маленькая, чтоб понять.

Однажды я проснулась ночью и вышла из своего закутка во взрослую часть. Все, кроме дедушки, были дома и крепко спали. Кошка при виде меня соскочила с подоконника и повела меня к двери. Это была очень умная старая кошка, и я пошла за ней. Мы вышли за ворота, где происходило что-то странное. Я слышала треск, как будто кто-то стрелял из хлопушки. У самых дверей универмага стоял фургон, из которого доносился визг и лай. Возле фургона мелькали какие-то тени. По белой рубашке я узнала деда. Он достал из кармана деньги, отсчитал несколько бумажек и протянул человеку в ватнике. Тот, пересчитав бумажки, кивнул. Я еще не ничего не успела подумать, как люди открыли заднюю дверь фургона, и на мостовую стали прыгать собаки. Их было много, целая стая. «Что это дед делает?» – испугалась я, когда он залез вместо выпрыгнувших собак в фургон. Но он тут же вышел, неся что-то в руках. Я подошла ближе и увидела, что он держит маленького мохнатого пса. Потом он сказал что-то еще, человек в ватнике снова кивнул и принес еще одного пса. Дед протянул к нему руку и вдруг вскрикнул и потряс ей в воздухе. Видимо, пес его укусил за палец, поняла я. «Ах ты, хитрец!» – сказал дед и положил ему в рот кулак. Люди в мешковатых штанах засмеялись. «Что вы смеетесь, ироды?» – грозно сказал дед и со своими собаками пошел в наш двор. Заметив меня на фоне подворотни, он нисколько не удивился. «Ты, девочка, возьми маленького», – вежливо попросил он и сунул мне в руки мохнатого пса. Пес был мокрый, вернее, скользкий, и я сильно прижимала его к груди, чтобы он не выпал из моих объятий. Мы пришли домой, и дед поставил кастрюлю с водой на газовую плиту. Щенок, которого я несла, был весь испачкан кровью. В крови оказалась и моя пижама. Когда вода нагрелась, дед стал мыть щенка. Я помогала держать полотенце и бинтовать ему остриженный бок. Потом дед постирал мою пижаму.

Две недели мы с дедом выхаживали большого и маленького псов. Я очень надеялась, что они останутся у нас, но дед покачал головой:

– Лучше отвезти их в село, иначе их опять уведут «гицели».

Бабушка Рыся была совсем не такой, как дед, а обычной, доброй и простой. Ее я не стеснялась. Когда дед повез псов в село, я спросила, что значит «гицели». Бабушка ответила, что это люди, которые отлавливают бездомных животных. Убедившись, что бабушка много знает, я засыпала ее загадками, которые загадывал дед. Бабушка отвечала избирательно, склонив овальную голову набок и помешивая деревянной ложкой жаркое. На ногах у нее всегда были темные чулки, даже в самую жару, и это мне казалось единственным темным местом в ее жизни. Однажды она стянула их в моем присутствии, и я увидела разноцветные вздувшиеся вены. Бабушка часто ложилась и поднимала ноги на спинку дивана – от этого, наверное, боль утихала. Но она никогда не жаловалась. Я любила свою обычную бабушку, но мне было интересней с дедом, который преображался на улице среди странных чужих людей. После работы он иногда шел в винный погреб, и я слушала, как он говорит на разных языках с приезжими. Когда я немного подросла, он стал брать меня с собой в путешествия. Мы вместе отправлялись на автобусную станцию, покупали билеты и ехали в трескучем автобусе в какое-нибудь село к его заказчикам. Когда автобус доезжал, дед смотрел на часы и быстро устремлялся вперед. Он шел, не оглядываясь на меня, бегущую сзади в сарафане и стоптанных красных туфлях. На плече у него болталась холщовая торба, в которой неизменной лежал большой мешок с конфетами. Его фотоаппарат был упрятан в специальный коричневый футляр, который замечательно блестел на солнце, как и дедушкина загоревшая голова. Посреди села дед вдруг останавливался и начинал свистеть. Этот его свист здесь уже знали. К нему бежали дети, а он, постояв и почесав полированную голову, сначала подзывал совсем маленьких. «Эй, маленькая, иди сюда!» – говорил дед девочке, сидящей в одних трусах на обочине. Она смотрела на него испуганно, и дед переходил на молдавский язык. Тогда только она подходила к нему, чтобы взять конфету, с которой уже не сводила блестящих глаз. Потом он раздавал конфеты другим. Обычно перед тем, как отдать конфеты, он загадывал загадки. Деревенские ребята слушали их внимательно, переглядывались, но отвечали. Дед, смеялся, награждал выигравших, да и проигравших тоже.

Все три дня, что мы были там, мы ходили по домам, где дедушка фотографировал крестьянские семьи. Для людей в деревнях дедушкин приезд был большим событием. Когда мы приходили во двор, то часто заставали семью в процессе приготовлений. На скамейках еще стояли тазы, в них плавала пена. Сначала купали детей, потом мылись сами. Воду сливали на дорогу. Потом хозяева в нарядных костюмах, в белых, как у деда, рубашках и начищенных сапогах садились на деревянные скамьи и заранее начинали улыбаться. Дед стоял под ореховым деревом и, сложив руки на груди, терпеливо ждал. Сама съемка занимала не так много времени, но на то, чтобы все сели правильно, от деда требовалось много терпения. Старуха должна была обязательно сесть по левую руку от старика, а старший сын – по правую. Сын с женой становились позади отца с матерью. Родственники могли расположиться рядом с родителями, но если это были не самые близкие родственники, то они вставали за спиной хозяев дома, рядом с сыном и его женой. Внуки садились на корточки у ног старших. Этому перемещению не было конца. Иногда, только все рассядутся, во двор входила еще одна семья, и вся пирамида ломалась, и надо было начинать все сначала. Я наблюдала все это много раз и поняла, что в том, как люди рассаживаются на скамьях посередине двора, есть закономерность, которая теряется, когда они встают и расходятся.

На ночь мы оставались в деревенском доме. Я почти ничего не понимала из того, о чем говорили взрослые за столом, поставленном во дворе, под ореховым деревом. Хозяйка приносила горячую мамалыгу и, пересчитав всех, разрезала ее ниткой на куски. Мамалыгу ели прямо руками, макая желтые кусочки в топленое масло, а потом в раскрошенную овечью брынзу. «Если не хочешь, чтоб тебя укусил комар, потри руки листьями ореха. Комары боятся запаха орехового дерева», – учил меня дед уму-разуму и снова поворачивался к хозяевам и говорил с ними по-молдавски. Разговаривая, взрослые пили красное вино и давали детям пробовать. От этого кисленького шипучего вина голова моя тяжелела, и я засыпала прямо за столом, положив голову на руки. Сквозь сон я слышала голос деда, рассказывающего истории.

Утром хозяева провожали нас на автобус и долго махали вслед рукой. В котомке у деда лежали завернутая в марлю брынза, сотовый мед, плетеная бутыль с вином и другие дары благодарных хозяев, которым он рассказывал свои истории, привозил собак, делал портреты.

«Девочка, хочешь есть?» – спрашивал дед, когда автобус трогался, и клал мне в подол большое желтое яблоко с красным боком или сиреневую сливу. Привезенные и уже окрепшие в селе псы бежали за автобусом, но недолго. Они уже знали, что здесь им лучше, и не стремились назад. С их стороны это был просто жест благодарности за то, что дед выкупил их у «гицелей».

Когда мне исполнилось девять лет, мы с родителями переехали в новый многоквартирный дом. Но дед все равно брал меня с собой. Особенно летом, во время каникул, когда мне нечего было делать. Но наши поездки прекратились – у меня появились другие интересы. К тому же в одну из поездок я как-то пошла в туалет и стала жертвой деревенских гляделок. Несколько детей, прильнув глазами к дырочкам в деревянной кабинке, что-то говорили мне по-молдавски и громко смеялись. А дед, не догадываясь, что я подвергаюсь унижению, продолжал пить чай. К нему подсаживались крестьяне, и он, вытирая лысину платком, рассказывал им по-молдавски городские новости.

В новостройках, куда мы переехали, девочки были умными, а собаки породистыми. Иногда они рычали на пахнущего уличными псами деда. Но он не обращал на это внимания, ставил на стол деревенский сыр и мед, трепал породистую собаку по голове, и, к удивлению девочек, она начинала улыбаться. В котомке его все так же шуршали блестящие конфеты, которыми он угощал моих подружек. Не понимая его загадок, они пожимали плечами.

«Что имеет голову, но не имеет мозгов?» – спрашивал дедушка Иру. Она молчала. «Лук, чеснок, сыр, девочка», – со смехом говорил дед и доставал конфету.

Однажды он вызвался повести весь наш шестой «В» в открытый бассейн. Учительница очень обрадовалась свободному воскресному дню, и мы поехали. В троллейбусе я досадовала. «Какое, мальчик, самое умное дерево на свете?» – спрашивал дед Вадика. «Я вам скажу, если вы скажете, какое самое глупое», – важно отвечал Вадик. Я знала ответ, он был простой, но дед не нашелся. Он вытер лысину платком, пошарил в торбе и протянул Вадику конфету. «Спасибо, я не ем сладкого», – сказал тот. Дед опешил. Он сам съел конфету и облизал бумажку. Ехали долго, солнце било в окна. Потом вышли, поднялись по лестнице на мост. На мосту деда остановил какой-то старый человек в черном костюме и стал с ним говорить на чужом языке. Дети прислушивались, и я краснела за деда. Это был идиш, на котором говорили только евреи. Я верила, что в бассейне все будет лучше: дед был сильным и загорелым. Раздевались под кустиками: девочки загораживали друг друга подстилками, мальчики пользовались полотенцами. Но дедушка не стал возиться с полотенцем; он снял брюки, рубашку и остался в белье. Мои подружки захихикали. Красивый ровный загар деда оказался обманом. Круглая, как глобус, голова и мощная шея были красивого желто-коричневого цвета и того же цвета были руки до локтей, но все остальное оказалось белым. Даже волос у не было, как у других мужчин. Я старалась не смотреть в его сторону, куда было направлено множество глаз. Пошли купаться. Мои подруги плавали по-собачьи, а я умела кролем. Когда я вышла, они посмотрели на меня с уважением. Я оперлась о ствол дерева и стала невозмутимо смотреть на купающихся друзей. К деду я решила не подходить. Вадик сел рядом со мной: «А ты ничего плаваешь!» Сам Вадик не купался и даже не снимал верхней одежды. Он сидел рядом и комментировал события на воде. Я хохотала громко, чтобы другие не заподозрили, что мне очень стыдно. Дед томился под другим деревом, утирался платком, скучал. Он не любил купаться. В конце концов жара его доконала. Все повернули головы, когда он ступил на белые, залитые зеленой водой ступеньки бассейна. Он покрылся гусиной кожей. Он был жалок – старый клоун в черных полинявших трусах. Зайдя по пояс, он стал приседать и с кудахчущим звуком подпрыгивать на месте, как делают все деревенские деды. Я не понимала, как могло такое случиться, что я столько лет боготворила этого нелепого человека, который не может разгадать простую загадку и боится воды.

В троллейбусе на обратном пути он опять шутил, и я замирала от страха. «Один бессарабский еврей хотел жить в Санкт-Петербурге, но полиция его не пускала...» – рассказывал он детям свою притчу.

Когда мы вышли из троллейбуса, я махнула деду рукой и пошла с остальными в сторону школы. Перейдя дорогу, я все-таки не выдержала и оглянулась. Он стоял там же и, крутя головой, высматривал автобус. На фоне новостроек он выглядел иначе, чем в старом городе. Нет, я не вернулась. Да он бы и не разрешил мне остаться с ним.

– Ты кто, собственно говоря, будешь по нации? – спросила меня как-то Ленкина бабушка.

Я посмотрела на Ленку, и по тому, как она отвела глаза, поняла, о чем меня спрашивают. В надежде, что это окажется неправдой, я все-таки решила поинтересоваться у деда, которого считала виновником своего несчастья.

– Нации, девочка – глупость. Мы, конечно, евреи. Но мы и французы, и итальянцы, и русские, и украинцы, и молдаване... Мы – всё!

Этот ответ оставлял право выбора. Теперь, когда меня спрашивали, кто мы по нации, я отвечала, что мы французы, но просто долго жили в СССР и потому забыли язык.

– А почему твой дед говорил по-еврейски? Только жиды так говорят!– спросил Вовка Баштанарь.

– Он говорит на всех языках, и по-молдавски, и по-кир-гизски, и по-китайски, и на еврейском тоже умеет! – хитро отвечала я.

Это было чистой правдой. Дед знал много языков, в том числе и китайский. Его родители умерли, когда ему было четырнадцать лет, у него было тринадцать младших братьев и сестер. Чтобы раздобыть денег, он поехал торговать в Китай мануфактурой. Там он прожил полтора года, наверное, очень интересные, но почему-то вывез оттуда только рассказ о том, как ездил на рикшах.

Лучше бы он тогда на мосту заговорил по-китайски, думала я и старалась поменьше звать деда к нам.

И все-таки при наступлении каникул мы снова встречались с ним в маленьком шанхайском домике, где блеяла Коза и на пороге чесалась старая Кошка.

– Намывает гостей, – говорил дед, когда кошка причесывала усы лапой.

В гости приходил тот самый старик с моста, которого звали Давид, толстый математик Изя и дядя Шулим в пенсне и со слуховым аппаратом. Собираясь, они садились играть в покер. Бабушка возилась на кухне, оттуда изредка доносился ее вежливый тихий голос. Она просила, чтобы не курили так много. Дед раздражался, шикал, и иногда, прервав игру, уводил гостей из дому. Мы оставались с бабушкой вдвоем. Бабушка молчала. Дед приходил под утро и, переодев рубаху, отправлялся на свой рабочий форпост.

Однажды я спросила бабушку, любит ли она деда. Бабушка задумалась. Она стояла у окна в старом зеленом халате и теребила поясок. Когда она задумывалась, то всегда склоняла набок свою красивую овальную голову. «Когда-то я его сильно любила», – ответила они тихо.

Этот разговор настолько поразил меня, что, повзрослев, я опять вернулась к нему. Услышав от кого-то из родственников, что бабушка в молодости была невероятной красавицей, я потребовала, чтобы мне показали семейный альбом. Там я нашла ответы на многие вопросы, даже на те, которые не собиралась задавать. Во-первых, я увидела бабушкину девичью фотографию. Бабушка сидела на траве среди подруг. Их там было семь, красивых, умных девочек из местечка, но только ее совершенное продолговатое лицо и длинные черные косы останавливали взгляд. В альбоме были фотографии и других женщин, о которых со мной не стремились говорить. Дед фотографировал женщин в бывшем своем ателье на фоне бархатных штор. Нарядные шляпки лежали на их кудрях, как кремовые розочки на пирожных. Заметив, что я часто смотрю его альбом, дед стал мне объяснять тонкости съемки. Я узнавала бесценные подробности. «Серый камень, кирпич, дерево – говорил дед, – хороши как фон для формальных фотографий. Обнаженная натура любит мягкую драпировку: бархат, велюр, шелк». Показывая фотографии своих заказчиков, он пересказывал мне их истории. Я не очень вслушивалась. Попутно он рассказал, как спас бабушку от смерти. Румынская полиция долго охотилась за молодой марксисткой и, поймав, приговорила ее к восьми годам тюрьмы. Бабушку отвезли в Ясскую крепость. Дед Наум, который еще не был ничьи дедом, а наоборот, имел шелковые кудри и нюхал табак, подкупил охранников и устроил бабушке побег.

Я оканчивала школу с безнадежным аттестатом. Озабоченный дед пообещал платить мне пять рублей за каждый экзамен. Иногда я брала деньги, а иногда отказывалась, давая ему понять, что не в них счастье. Бабушке дед покупал много подарков, которые она безмолвно прятала в шкаф и продолжала ходить в зеленом халате. Халат давно покрылся пятнами, бабушка упрямо продолжала стирать его и латать дыры. Положив халат в эмалированный таз, она оставалась в длинной майке, и я видела, какая у нее красивая фигура. Когда она заболела, тело ее приняло очертания той девочки на фотографии. Ушла полнота, хмурость, и вся бабушка стала яснее, как будто помирилась с жизнью. Даже перестала ссориться с дедушкой. Он тяжело переживал ее молчание. С ним вдруг стало происходить что-то странное. Он, всегда такой непоседа, не хотел оставлять ее ни на минуту. Сидел возле нее и крутил в руках поясок ее халата.

Зная, как она любит книги, он принес домой целую библиотеку. Он начал с ее любимого Ремарка, потом прочел ей

Хемингуэя, потом перешел к историческим романам. Мама сказала, что бабушке наверняка понравится Томас Манн, и дед на следующий день купил на черном рынке роман «Иосиф и его братья», чтобы сидеть возле худеющей жены неделями, месяцами.

Он читал ей и грозил кулаком в небеса: «Ироды!» Мне он рассказал, что готовит ей подарок на золотую свадьбу. Собирался ей подарить кольцо «Маркиз» с настоящими рубинами. Когда им было по двадцать пять лет, она увидела такое кольцо в витрине ювелирного магазина, и оно ей понравилось. Он и тогда был готов его купить, но бабушка не разрешила.

Дедушка нашел хорошего мастера, переплатил, чтобы тот работал быстрее. Кольцо было готово через два месяца. Дед принес его домой и, пока она спала, надел ей на палец. Проснувшись, она с минуту смотрела на кольцо, потом перевела взгляд на деда.

– Что ты молчишь? – спросил дед. – Тебе нравится?

– Да.

– Так что же?

– Поздно, Наум, – сказала бабушка и, сняв кольцо, вернула ему.

Он не обиделся, он поцеловал протянутую руку. Я испуганно смотрела на них из-за ширмы, не очень понимая, что происходит. Эта зеленая ширма отгораживала наши жизни: мою, уходящую вперед, их, остающуюся за китайскими цветами и птицами.

После смерти бабушки дед жил ровно год. Он разлюбил выходить с фотоаппаратом в город, все больше сидел дома, глядя на ее портрет. Иногда я заставала его на кухне, где он как будто что-то искал. Он выдвигал ящики кухонного шкафа, заглядывал в тумбочку. Его солдатский загар постепенно сошел. Он искал булавку, которой бабушка подкалывала днем ширму.

«Деда, а откуда у нас взялась эта ширма?» – спросила я его как-то.

«Один миллионер подарил на свадьбу».

«Расскажи!» – потребовала я.

Он сказал, что старичок Давид когда-то держал главный кишиневский магазин готового платья. Потом он его продал и отдал все деньги сыну, чтобы тот поехал за границу первым. Это было в тридцать девятом году, за год до того, как Молдавия присоединилась к Советскому союзу. Давид ждал год, потом стал потихоньку распродавать оставшиеся вещи. В эвакуации он многое сменял, но кое-что сменять было невозможно, как, например, французские батистовые платки. Когда в сорок восьмом году в Молдавии началось раскулачивание, Давид, хотя и был уже нищий, попал в списки кулаков, и дед вынужден был прятать его у себя. Он объяснил, что в городе Давида все знали, и его надо было спрятать, чтобы не забрали в тюрьму. Давид прожил в шанхайском домике несколько лет. Здесь же скрывались еще несколько человек, которые очень боялись, что из-за вольных замашек бывшего богача их всех арестуют.

– Наш Давид любил делать «моцион» в панталонах с кружевами, – объяснил дед.

Соседи тоже боялись за деда и особенно за себя.

– Наум, нас же всех заберут! – кричали они, глядя на приседающего во дворе Давида.

– Его ведь не забрали? – волновалась я.

Дедушка оживлялся от воспоминаний, щеки его розовели:

– Твоя бабушка была единственным человеком, кто защищал Давида. «Нельзя лишать человека последней радости!» – отвечала она им.

В последний год жизни дед уже не виделся ни с кем из друзей, кроме математика Изи, тоже состарившегося до такой степени, что потемневшим ликом в дымке белых волос он стал походить на собственный негатив. С Изей дед играл в шахматы, а то и просто молчал. Вдвоем они смотрели на бабушкин портрет.

– Что ты молчишь? – теребила я деда.

– Я не молчу, – отвечал он, и я понимала, что он молчит только для меня.

– Папа, скажи что-нибудь, – просила моя мама, когда он перестал говорить даже с ней.

– Один бессарабский еврей хотел уехать в Санкт-Петербург...

– Папа!

– Но он таки да, хотел. Потому что ему всю жизнь казалось, что он живет с женщиной, которой не годится в подметки!

Мы похоронили его в нескольких метрах от бабушки. Их отделяли только кусты жасмина. Своей темно-зеленой листвой кусты напоминали старую китайскую ширму, и только птицы, порхавшие над ними, были настоящими. А что касается китайской ширмы и других вещей из Шанхая, то все куда-то расползлось: что-то взяли соседи, что-то мама просто выбросила. Через несколько недель после дедушкиной смерти приехал экскаватор, чтобы снести белый глиняный дом, и мы поразились, с какой легкостью от первого же удара дом рассыпался. Белая глиняная пыль повисла над пустырем и стала волнами опускаться вниз. Серые щепки поплыли по великой шанхайской луже среди бело-синей гуаши отражающихся в ней небес. Очистились задворки магазина. Ничего из того, что соединяло эти стены и потолок в одно целое, уже не существовало в природе.

Бегунья

В последний день перед осенними каникулами Зоя шла вдоль стадионной стены, чтобы принять участие в ежегодном городском полумарафоне для девочек. Стадион в верхней части города располагался за высокой каменной оградой и занимал три квартала в длину и два в ширину. Он назывался «Динамо», но все говорили про него «Новый». Был еще старый стадион, прошлого века, а этот построили в конце войны на Немецкой площади; оолитовый известняк для стены и находящихся внутри зданий привезли из карьеров в Криково. Наверное, когда-то камень был белый, в облупившейся штукатурке кое-где проступила исходная кладка в виде фигур выше человеческого роста, похожих на ангелов.

Мальчики отбегали на прошлой неделе, и после подсчета выяснилось, что их школьная команда осталась позади других. Зоя шла медленно. От остановки троллейбуса и до самых ворот она десять раз останавливалась и вглядывалась в желтую пустоту кварталов. Когда дошла, свободных вешалок в гардеробе не осталось. Переодевшись, Зоя сложила носильные вещи в сумку, и гардеробщица втиснула ее в деревянный шкафчик с отсеками, куда обычно складывалась обувь. Пристроив Зоину сумку, она выдала картонный номерок.

– Только не потеряй, а то не получишь назад.

Внутри стадиона на высоких шестах хлопали флаги, стоял на старте незнакомый тренер в синей ветровке и кричал в сложенные рупором ладони, чтобы посторонние ушли с дорожек. Его никто не слушал: детвора – наверное, младшие из семей соревнующихся, – продолжала носиться сломя голову в догонялки. Шилова потянула ее за рукав:

– Ты чего тут стоишь? Идем на старт!

Шилова была из их команды, на рукаве белела цифра «восемь», номер их школы. Футболок на всех не хватило, Зоя вышила свой номер сама. Восьмерка напоминала их беременную соседку – с маленькой головой и большим круглым животом. Зоя высвободила рукав и осталась стоять рядом с выходом, все еще думая, что, может быть, Сережа подойдет.

– А тебе что, нужно особое приглашение? – прикрикнул стартовый тренер, и тут она решилась покинуть свой пост у дверей.

По свистку они построились в несколько рядов у стартовой линии. Грохнул пистолет, и девочки, сорвавшись с места, затрусили вперед. Зоя любила этот звук: казалось, огромный улей вырвался наружу и полетел. Им кричали с трибун, но ветер сдувал фразы, только топот ударяющих в битум подошв стоял в ушах. За восемь лет занятий легкой атлетикой Зоя усвоила, что бег требует особого ритма – равномерного и вдумчивого – и поэтому, когда несколько девочек пошли на обгон, она осталась в группе. Все вместе они были единым организмом и заряжались энергией друг от друга. И одновременно ей тоже хотелось вырваться и побежать вперед. Она заставила себя оторвать глаза от дорожки. Все было правильно в мире: небо ярко-синим, трава на футбольном поле зеленой, флаги красными. Нужно было победить сегодня и для этого – терпеть.

Еще позавчера она не собиралась участвовать в соревновании, и, когда Сережа подошел к ней на перемене, растерялась. Он был школьным капитаном команды.

Сережа достал из кармана яблоко и протянул ей, чтобы она укусила первой.

– Маслакова заболела и не побежит. Можешь заменить?

– Я не знаю...

– Пожа-алуйста! – Притронувшись к ее руке, он заглянул в глаза и повторил: – Пожалуйста.

Он никогда не просил ее ни о чем, и она согласилась.

Они продолжал стоять, хотя прозвенел звонок с перемены. В окне виднелся школьный палисадник с яблонями. Небольшие зеленые яблоки лежали под деревьями. У Сережи был такой вид, будто он собирается еще что-то сказать или спросить. Его щеки раскраснелись: такое бывало, когда он волновался. Их окликнул учитель, Сережа поднял голову и кивнул ей, мол, пора идти в класс.

Зое в июле исполнилось шестнадцать лет. Для бегуньи она была слишком высокой и тонкой. Куда компактней была сложена Ира Абрамова, татарская девочка из бывшей школы. Пару раз во время бега Зоя замечала на себе взгляд ее черных глаз. У Иры сзади болталась тугая коса и, как хлыст, била по спине. Маленькая, смуглая Ира могла запросто победить сегодня, в начальных классах она всегда выигрывала у Зои. Может быть, оттого, что Зоя ее боялась. Ира была злой, могла больно ударить за невинную шутку. Чтобы задобрить Иру, Зоя однажды пригласила ее на день рождения. Тогда еще пришла Наташа Милецкая, самая красивая девочка в школе. Мальчиков не звали, только младший брат Раи Коган присутствовал на девичнике, Женька. Рая попросила разрешения привезти его, потому что мать работала в «скорой» и Женьку не с кем было оставить. Раю она однажды защитила, когда мальчики из другой школы кормили ее снегом. Рая была тихая, болезненная девочка с длинными носом и красивыми синими глазами под черными ресницами. Подруг у нее не было, но с Зоей они с того случая дружили. Им устроили стол в Зоиной комнате, нарезали «Киевский» торт, открыли бутылки с крем-содой. В соседней комнате родители с друзьями пили вино, закусывали бутербродами и разговаривали. Отец ставил на магнитофоне польский джаз, звучал смех. После еды и торта все вышли на балкон, ели черешню и соревновались в стрельбе косточками по новому транспаранту над дорогой. Наташа вздохнула: «Ох, Зойка, как бы я хотела быть тобой!» И когда она это сказала, Ира стиснула зубы и до конца дня рождения молчала.

Зоя ощутила, что любит его, два года назад, когда всем классом ходили на озеро. В сентябре вода согревалась настолько, что разница между ней и теплым воздухом почти не ощущалась. После купания Зоя лежала на полотенце. Она заснула и, когда открыла глаза, то увидела его. Концы коротко остриженных волос горели на солнце. Зоя смотрела на загорелые лопатки и худую шею с ямкой. Почувствовав взгляд, он обернулся. Она быстро опустила голову и притворилась спящей. С тех пор она все время думала о нем. В школе она высматривала его. Он сидел за первой партой у двери, отделенный еще одним рядом от того места, где сидела она, не слушая урок. Иногда он, как тогда на озере, оглядывался. Однажды Широков принес в школу фотоаппарат и потихоньку от учителей снял одноклассников. На одном из снимков Сережа смотрел в ее сторону. За эти два года он очень изменился: вырос, и над губой появились усики. Однажды она случайно увидела, как сотрудник целует маму. Они стояла посреди комнаты, мама повернулась, что-то сказала, тот положил руку ей на грудь и поцеловал в губы. Вечерами, мечтая о любви, она клала руку себе на грудь и представляла, что это Сережина рука.

Было холодно и жарко одновременно, хотелось пить, и Зоя обрадовалась, когда у питьевого фонтана родители бегуний стали протягивать стаканчики с водой. Она отхлебнула большой глоток и с фырканьем отбежала, уступая место другим. Так полагалось, и так сделали и другие девочки. Даже зимой они иногда тут бегали. Вон показалось справа подсобное помещение, где хранили маты для прыжков в высоту и разное другое снаряжение. Оттуда же притаскивали деревянные лопаты для чистки снега – и продолжали тренироваться до середины декабря. Она, Наташа Паненко и Ира Маслакова бегали барьеры. Ноги так привыкали к холоду, что даже не покрывались пупырышками. Всегда после разминки и пробежек становилось тепло, и вообще… Шерстяные носки под шиповки – все, что было нужно, чтобы не мерзнуть.

Начавшийся на стадионе бег вылился за ворота в переулок. Утренний ветер здесь дул, как в большой трубе, мостовая качалась влево-вправо. Дальше дорога брала вверх, и Зоя перестроилась в правый ряд. От мамы Зоя слышала, что до войны на месте стадиона было спортивное поле, обнесенное деревянным забором; трибун тогда не было, в правом конце стояло несколько длинных скамеек. В первые же дни войны, когда горели соседние дома и лавки, все это тоже сгорело. Зоина бабушка, школьная учительница, весь июнь и начало июля вместе с другими женщинами тушила пожары. Но шестнадцатое июля стало днем эвакуации, потому что город сдавали. При известии о приближении немецких танков бабушка поспешила в школу, чтобы узнать, будут ли автобусы. Автобусов не было. Их сосед балагула посадил детей и женщин на телегу, запряженную лошадью, и они двинулись в путь. Маме тогда было шесть лет, и она скоро должна была идти в первый класс. Они собирались шить маме форму, была назначена примерка у знакомой портнихи. Но вместо этого пришлось убегать. На маме были в то утро красное платье и красные туфли – надели, чтобы легче было ее отыскать, если потеряется. Девочка в красном с белыми волосами. К мосту вели две дороги, их отделял друг от друга пролесок. По параллельной дороге уже шли румынские солдаты и стреляли в бегущих людей – таких же, как они, евреев. Те бесшумно падали на дорогу. Балагула только успел провести телегу по мосту, как налетели самолеты и стали кружить над колонной беженцев. Потом раздался взрыв, и когда мама оглянулась, то увидела, что остатки моста висят на сваях. И много еще чего было. Первый их поезд разбомбили, пришлось бежать к лесу. Женщина в овраге, где они пряталась, отталкивала ее и говорила: «Уходи, а то меня из-за твоего красного платья заметят и убьют!»

Нет сил? Нет, если честно, отвечал Зое внутренний голос. Но если нет сил, то и ладно! Беги без сил. Прикрой глаза от солнца и беги. И выше, выше, выше коленки, ободранные на этом подъеме три месяца назад. Тогда Зоя на спор съехала на велосипеде с каскадной лестницы у озера. А вон вдали показалась деревянная эстрада. Когда-то, когда Зое было шесть лет, ее взяли на выступление одного певца. Он пел под гитару, у него был хриплый голос. Песни она слышала дома, папа крутил их на магнитофоне – Зоя запомнила. Особенно песни про войну и тюрьму. Они с родителями сидели в первом ряду, и она тихонько подпевала. Ей было жалко человека в песне. Певец заметил, что она поет, и вытащил ее на сцену. Не понимая до конца смысла песни, она пела с ним, сидя у него на руках. От него хорошо пахло сигаретами. Мама уже дома попросила никому не рассказывать про выступление. Зоя никому не рассказывала.

Зоина мама была высокого роста, красивой и модно одетой. Длинные волосы она иногда и накручивала. Ходила для этого в парикмахерскую. Зоя шла с ней. Парикмахер сверкала ножницами, состриженные белые пряди падали на синезеленый линолеумный пол. Потом парикмахер накручивала волосы на бигуди, укладывала в прическу при помощи шпилек и сажала маму под фен рядом с другими женщинами. Они сидели под гудящими колпаками, отраженные в длинном зеркале. Через полчаса они вставали, расчесывались, после чего превращались в одинаковых женщин, каких было много на улицах, и только мама была другой из-за волос.

Стоящее высоко солнце пекло голову и плечи. Они теперь бежали парком по грунтовой тропинке, вытянувшись в линию. Дорога шла в несколько ярусов. На вираже Зоя снова увидела Иру Абрамову. В тот год, когда Зоя ушла из первой школы, у Иры умерла мама. Бывшие одноклассницы рассказывали, что мама Иры, которая работала на почте, выпала из окна. Зоя думала о своей маме. Та часто становилась на подоконник, когда мыла окна. Играло радио, вода светилась на стеклах, внизу шли люди и улыбались, кто-то из них окликал Зоину маму, и она махала рукой. После мытья она вытирала стекла скомканными газетными листами. Никогда никто не умирал. Только в газетах Зоя видела сообщения о смерти. Про маму Иры Абрамовой в газетах ничего не написали. Она спросила у мамы, умер ли кто-то у них в семье. В ответ на ее вопрос мама достала альбом с семейными фотографиями. Она показала пальцем: «Вот этот, этот, эта…» Они сидели в гостиной на диване, и мама называла имена Зоиных двоюродных дедушек и бабушек. Тогда в первый раз Зоя услышала про то, что многих убили. «Вот этот выжил и живет в Америке!» – с грустной улыбкой добавила мама, указав на портрет мужчины в шляпе. И повторила просьбу никому не передавать их разговор.

Она думала о тех людях с фотографий. Им пришлось проделать длинный путь. Дедушка Исаак и двоюродный дедушка Борис, который не вернулся. Бабушка Зоя, в честь которой ее назвали. Их письма хранили в коробке из-под обуви. И снова была тайна: коробку прятали в кладовой с бельем. Двоюродный дедушка прислал несколько писем с дороги. Они тоже были в коробке – желтые, с хрупкими краями, переполняли конверты, как будто хотели вылезти наружу. Еще там лежали письма от дедушки Наума. Мама рассказывала, как разбомбили посреди степи поезд и им пришлось долго бежать в сторону леса, чтобы там спрятаться от кружившего истребителя. Мама только один раз взглянула вверх и увидела лицо летчика в шлеме.

После войны семья жила в нижней части города, в бедном районе. Там было много детей. Зоя видела фотографию: все девочки были темноволосыми, и только у одной разметались по плечам белые волосы. Не зря бабушка отказывалась их стричь. Однажды ночью их разбудил стук в дверь. Какие-то люди искали деда. Он вышел к ним. Люди сказали ему, что он должен пойти с ними. «Куда?» Недалеко, всего пару кварталов отсюда, сказали они.

Его отвели в тюрьму.

– Ты шпион?

– Нет.

– Вчера в городе задержали румынского шпиона. Он сказал, что шел к тебе.

– Кто такое сказал? Не может быть!

Привели в комнату мужчину.

– Вот он.

Мужчина покивал.

– Неправда! Я его не знаю, – сказал дедушка по-русски. Говорить со шпионом по-румынски он не хотел. – Спросите его, есть ли у меня дети? – попросил он снова по-русски.

Тому перевели.

– Есть один ребенок!

– Он говорит, что есть ребенок.

– Спросите его, какого пола?

– Девочка!

– Пусть он ее опишет!

– Подросток.

– Пусть еще опишет точнее! Какие у девочки волосы?

– Короткие, темные!

– Да? Ну, пойдемте со мной!

...Они пошли, ведь было недалеко. Дедушка зашел в дом, разбудил пятнадцатилетнюю дочь и вывел ее к людям. Он развязал на ней косынку, и из-под косынки на плечи и спину упали длинные белые волосы.

Вперед и вперед... Земля под ногами была неровной, следовало все время напрягать глаза, чтобы не споткнуться. У Зои была с детства дальнозоркость. С тех пор, как она полюбила, она прятала очки в портфель. Ей хотелось выглядеть хорошо. Она иногда подолгу смотрела в зеркало. На зеркальном столике стояли два стеклянных оленя. У одного отбитую ногу склеили. «Что есть любовь? – думала она. – Что-то такое, ради чего можно долго бежать по занесенной листьями дороге». Ей хотелось пить, и она сорвала на бегу сосновую иголку и пожевала. Терпкая кислота на пару секунду свела горло, но зато жажда прошла.

Она знала место неподалеку: можно было свернуть и спуститься на следующий уровень, обогнав других. Высокие кусты вдоль дороги стояли плотными рядами, так что Зою никто бы не увидел. Нужно было решиться. Сзади бежали, но где-то далеко. Те, что впереди, тоже оторвались на приличное расстояние. Она мучилась. Вот сейчас будет этот участок, как раз между теми и другими. Она мучилась неясной мыслью, которую сама не могла понять. Вспомнила про Иру Абрамову и почему-то не свернула, а наоборот – выдохнула из себя все и вдохнула встречный ветер. Он дул с новой силой, и листья быстро падали под ноги. Они падали впереди и по обе стороны дороги. Они падали над всем верхним городом и, наверное, над нижним тоже. Последние листья ноября...

Озеро, то самое, где она полюбила его в прошлом сентябре, блестело внизу. Ей придало сил, что он уж точно будет стоять на финише. Она издалека узнает его в толпе. Ради него она и бежала. Осталось совсем немного. Она же спринтер! Сейчас она выйдет на финишную прямую и разовьет скорость. Зоя не знала, что ей делать со всеми теми вещами, которые мама ей рассказывала. Пробегая мимо старой деревянной эстрады, Зоя подумала, что расскажет это Сереже, когда они снова разговорятся.

Доктор Ганцмахер

В Израиле я работала в женском журнале «Портрет». Хозяйку журнала звали Джоанна. Это была богатая, образованная, взбалмошная, практичная англичанка из газеты «Джерусалем Пост», которая, изучив рынок, поняла, что нужно Израилю. Израилю был нужен женский русский журнал. «Никакой ностальгии по первой родине! Мы у себя в стране, у нас новая жизнь!» – говорила Джоанна. Моей непосредственной начальницей и редактором была журналистка Эмма Сотникова. Фраза о ностальгии относилась, в первую очередь, к ней. Эмма любила все безысходное, русское, под которым она, конечно, понимала питерское. Побывав в Израиле замужем за сионистом и родив от него троих детей, она в следующий раз вышла замуж за питерского писателя Мишу Федотова. Миша тоже работал у нас в журнале, он отвечал за сектор горячих материалов. О нем-то и пойдет речь.

Миша позвонил мне в пол-одиннадцатого.

– Слушай, Джоанка совсем взбесилась!

– Что такое?

– У тебя есть время? Приходи минут на семнадцать-восемнадцать – надо посоветоваться.

Я уже лежала в постели, по телевизору вот-вот должны были начать транслировать из Ливана фильм Бергмана «Фанни и Александр». Я давно мечтала его посмотреть.

– К черту Бергмана, – бесстрастно отвечает он, – я тебе перескажу!

Я поднялась и вышла из дому.

Миша жил неподалеку. Ничем не примечательный снаружи каменный дом, в котором он жил, внутренним устройством напоминал конструкцию, описанную писателем Короленко в повести «Дети подземелья». Помет, как Миша называл свое потомство, состоял из какого-то количества детей от разных браков. Я говорю «какого-то», потому что точного количества детей никто точно не знал, даже сам Миша. У евреев вообще не принято считать детей – Бог дал, надо радоваться. Он и радовался, не пересчитывая, а дети все подтягивались из разных стран под отеческий кров, чтобы счастливо зажить в короленковском подвале. Скажем, на тот момент времени их было штук одиннадцать, и к ним примкнули трое Эмминых.

Миша был в кухне один.

– Днем совершенно невозможно работать! Вот мы сейчас… – говорит он, наливая нам по чашке чифиря. Из чего я заключаю, что семнадцатью-восемнадцатью минутами не обойдется.

– Что происходит? – спрашиваю, оглядываясь.

Кухонный стол завален порнографическими журналами. Какие-то голые бабы. Поверх всего пишущая машинка с заправленным в нее листом бумаги.

– Садись. Вот смотри – шесть способов обновить сексуальную жизнь. Что ты думаешь про это?

Миша произносит «что» по-питерски.

– После десятичасового рабочего дня ничего не думаю, – честно отвечаю я.

– Не умничай, – отвечает он и кладет передо мной журнал «Elle» с соответствующей статьей о сексе. – Джоанка хочет, чтоб я перевел эту похабщину для наших. Завтра отдаем номер в тираж. Над нами будет хохотать весь Израиль!

– Над нами и так хохочет весь Израиль. Ты же писатель-юморист!

Он меряет меня выразительным взглядом. Очки у него старомодные, в большой черной оправе. В них он похож на филина. То-то, думаю, ему по ночам не спится.

– Опять умничаешь? Умничать будешь, когда этот вшивый бабский журнал закроется, – ворчливо говорит Миша. – Ну представь себе типичную русскую семью. Скажем, из Винницы. При чем здесь водяные матрасы?

Действительно, думаю, при чем, и начинаю читать.

– Ну что? – спрашивает он через какое-то время.

Я молчу. Действительно похабщина, иначе не назовешь.

Он показывает мне на текст:

– Что мы делаем? Мы даем это под рубрикой «Журнал "Elle" рекомендует» и параллельно на широких полях печатаем соображения нашего отечественного сексопатолога. Тонкие, продуманные, с учетом мироощущения русской семьи из Винницы.

Я спросила, где в одиннадцать часов вечера он собирается искать отечественного сексопатолога.

– Идиотка, – отвечает он, – отечественный сексопатолог – это мы. Ты и я. Фамилию я уже придумал – доктор Ганцмахер.

Должна оговориться, Мише я была многим обязана. Работу в журнале устроил мне Миша. Если бы не он, я бы долго еще мыла полы за девять шекелей в час. В журнале мне положили нормальную (по уцененным русским стандартам) зарплату младшего редактора. Впрочем, в первые два месяца работы полы я тоже мыла. Я приходила на час раньше остальных, надевала большой оранжевый передник, желтые резиновые перчатки и брала в руки розовое пластиковое ведро. В таком костюме до прихода коллег я убирала помещение. Потом переодевалась и садилась редактировать. Скажем, историю про зарождающуюся смешанную семью: он – коренной сабра, футболист из команды «Маккаби», 28 лет, рубашка с пальмами и летающими попугаями, она – бледное, голубоглазое детище Иркутска. На вид ей лет пятнадцать, на еврейку не похожа.

Прочитав, звонила Мише, автору этого горячего материала. Ему в виду многодетности разрешалось работать из дома. Я не решалась спросить Мишу в лоб, еврейка ли невеста. Я начала издалека:

– Кто бы мог предположить, что в Иркутске есть евреи...

– Они везде есть. Как плесень. Триста шестьдесят семь тысяч.

Я не сразу поняла, что эти шизофренически точные цифры Миша просто брал из головы.

– Ты уверен, что она это... Джоанна обязательно спросит.

– Еврейка? Чистопородная. Сто сорок восемь процентов. Я проверял.

Мишу редактировать было просто. Там двоеточие, здесь запятая...

Гораздо сложнее обстояло дело с другими авторами. На мой адрес приходили материалы толщиной с роман. Писали все, и писали много. Писал бывший экономист кондитерской фабрики в Киеве и парикмахерша из Львова. Писали доктор сельскохозяйственных наук из Минска и бывший преподаватель народного танца из Баку. Евреи – народ книги. «Уважаемый господин Капович, – читала я, открыв очередной толстый пакет, доставленный с уведомлением мальчиком-арабом, – посылаю Вам мои раздумья о жизни еврейского народа в Старо-Урюпинске...» Иногда в журнал приходили стихи про Израиль. «Маленький такой клочок земли. Пусть сухой, но все-таки шели́». «Шели́» означает моей. На это тоже надо было отвечать в письменной форме. Таковы были требования Джоанны, которая хотела, чтобы у журнала была обратная связь с читательницами и читателями.

Часам к одиннадцати прибегала Эмма. Мы с Эммой запирались в нашем «отдельном» кабинете и обсуждали текущие дела. Начальство – хозяйка журнала Джоанна и бухгалтер Джим – появлялось в полдень. Когда к начальству приходили какие-нибудь важные гости, меня посылали на кухню делать кофе. Я научилась спрашивать: «вы предпочитаете кофе с сахаром или без?» Не скрою, что церемония меня удручала. Однажды, по рассеянности, я сыпанула в кофе три ложки соли. То, что директор банка «Леуми» ушел, не дав журналу рекламы, скорей всего, не имело ко мне отношения, но я на всякий случай уже обдумывала, куда идти. Снова мыть полы или устраиваться няней в многодетную семью? Я знала одну, жили в соседнем доме, очень религиозные. Джоанна весь день хмурилась, мытье полов и подача кофе были переданы смышленой двадцатипятилетней корректорше Дине. А со мной поступили так. Меня повысили. Джоанна вызвала меня в кабинет и сказала, что отныне я буду замредактора по литературной части. На зарплате это, впрочем, не сказалось.

Но вернемся к Мише.

Короче, пока я читаю «шесть способов», Миша уже что-то быстро выстукивает двумя пальцами, иногда взглядывая на меня запотевшими стеклами. Читаю я, значит, и воображение мое начинает разгораться. Ну, во-первых, по поводу спонтанного секса в гостиной. Это был способ первый. При свечах, на ковре, с легкой музыкой в радиоколонках.

– Говори, что сразу приходит в голову. Это и есть самое верное! Только не умничай, – предупреждает Миша.

Он сходу придает моим соображениям художественную форму. «Доктор Ганцмахер в целом согласен, что такое может оживить чувства супругов, но, к сожалению, такой оживляж небезопасен. Брачующиеся могут случайно разбудить бабушку, спящую на раскладушке в углу гостиной. Племянников, ночующих на кухне. Доктор Ганцмахер считает, что к первому способу не стоит прибегать, но если уж приспичит, то лучше тогда без свечей. Музыка тоже отменяется. Даже приглушенная. Никакой музыки. Бабушке с вечера двойную порцию снотворного. Племенникам – по рюмке вина».

На втором способе мы оба тормознулись. Секс в ночной парадной после питерского «парадняка» звучал как несообразный детский лепет. Как стрельба в тире для тех, кто ходил на медведей. Доктор Ганцмахер порекомендовал заменить парадную газоном. Израильтяне очень ухаживают за своими газонами. Газон и в других отношениях интересней – ближе к природе. Проверить часы работы оросительной системы и – вперед.

Насчет третьего способа с водяными матрасами поправка целиком принадлежала Мише. Про пластиковые мешки на сохнутовских матрасах. Такие матрасы нам выдавались в пользование до прихода наших контейнеров с мебелью. Их, в принципе, можно было накачать водой.

Я лично горжусь комментарием к способу с эротическим фильмом.

– Скажи что-нибудь афористичное! – потребовал Миша, застыв надо мной с третьей чашкой чая в руке.

– «Панасоник» убивает либидо!

Миша сел за машинку и застучал.

– Можешь ведь, когда не умничаешь!

К шести утра статья готова. Мы с Мишей устало откидываемся на шатких стульях, принесенных детьми с помойки, и Миша говорит:

– Если Джоанка спросит, что тут написано, скажи что-нибудь умное. Что материал был прокомментирован серьезным аналитиком...

В среду вечером вышел номер с нашей статьей. Уже в девять утра телефон звонил, не переставая. Мы с Эммой только успевали перехватывать трубки, чтобы наши бабоньки не пробились к начальству. Где-то мы все же упустили пару звонков. Джоанна ворвалась в наш кабинет. В ярости Джоанна напоминает снежного барса.

– Я хочу дословно знать, что написал этот Ганцмейстер! – говорит она с каким-то шипящим холодом в голосе.

– Ганцмахер, – машинально поправляю я.

Она скашивает на меня разъяренные глаза, и я понимаю, что никакие объяснения тут не помогут. Пойду няней, подумала я. Мать семерых детей опять ходит беременная. Это очень своевременно.

Я посмотрела на Эмму: она как ни в чем не бывало правит заметку о театре. Оторвать ее могло только сообщение о новой войне в Персидском заливе. Война, кстати, только закончилась.

– Я хочу с ним увидеться! Где он живет? – продолжает шипеть Джоанна, хватая с моего стола и бросая в воздух полосы набора.

Больше всего мне хочется провалиться сквозь землю и очнуться где-нибудь в Иркутске.

– Вот это, к сожалению, устроить невозможно, – отвечает ей Эмма.

Далее мне предлагается выйти из кабинета, что я с благодарной трусостью и делаю.

Я потопталась в коридоре. Не то чтобы я подслушивала – этого не требовалось. Сначала из-за двери доносились два накаленных голоса, но постепенно второй, Джоаннин, стал затихать. Захожу в комнату к художницам. Вид занятых делом людей всегда меня успокаивает. А сабры вообще спокойны, от природы и ввиду места жительства. В первый день войны в Персидском заливе я полюбопытствовала у соседки, коренной израильтянки, спускалась ли она в бомбоубежище или, как мы, сидела дома в противогазе. «А я, деточка, даже не просыпалась», – ответила она. Или взять хоть моего друга Мишу Генделева. Он, хотя и не сабра, но, прожив в Израиле много лет и побывав на трех войнах, тоже стал спокоен. Когда война только ожидалась, я спросила у него, что теперь с нами будет, если они все-таки начнут забрасывать нас ракетами. «С нами все будет прекрасно, – ответил он беззаботно. – А вот с ними будет херово». И пояснил. «Ты пойми, с кем мы имеем дело. У этих мудаков корявые не только головы, но и руки. Если они даже сумеют вставить ракету, куда нужно, то все равно ебнут ее себе на голову».

Художницы продолжают работать, а я сажусь на угол стола – лишних стульев у художниц нет – и закуриваю.

– Разнос? – спрашивает Шломит.

Я киваю.

– Аколь беседер. Все будет хорошо, – говорит вторая художница Шошана.

Через пятнадцать минут мы слышим колебание воздуха. Джоанна вошла в дверь, широкая улыбка светилась на лице. Далее (клянусь, так оно и было), происходит следующее. Подойдя ко мне все с той же светящейся улыбкой, Джоанна проводит ладонью по моей голени.

– Колаковот, – говорит она мне, то есть молодец. Акцент у нее чудовищный, но это слово я понимаю.

Я вообще не люблю похвалы начальства. Мне всегда кажется, что хвалят меня по ошибке. Потом, когда разъяснится, будет только хуже. Но Джоанна продолжает улыбаться и рассматривать мои ноги. Потом она поворачивается к Эмме и что-то говорит на иврите, чего я уже не понимаю.

На моем столе пепельница была переполнена окурками. Я подождала, пока Эмма закроет дверь, и поинтересовалась:

– Мы с Федотовым не уволены?

Эмма удивилась.

– С чего бы вдруг вас увольняли?

– Как с чего? А статья?

– Вот, – продолжает Эмма какой-то монолог в своей голове, – я ей говорю: ты что психуешь? Скандал – лучшая реклама!

– А она?

– А что она? Номер-то раскуплен!

Эмма достает из сумочки два обтянутых пленкой бутерброда, один протягивает мне. Я беру, но еда не лезет мне в горло. Что-то продолжает меня мучить. Наконец я понимаю:

– А при чем здесь мои ноги?

– Пришли два филипсовских эпилятора, – отвечает Эмма, жуя. – Джоанна дает тебе один в качестве премиальных.

– На хрена мне филипсовский эпилятор? – изумляюсь я.

Вопрос резонный, Эмма задумывается.

– Все равно бери, – говорит она наконец. – Филипсовский эпилятор – лучший подарок для наших баб. Отдашь Генделеву, он будет счастлив. Вокруг него вьется много знойных девушек!

Белые горы

– Какой минеральной воды вы хотите – «Перье» или «Сан-Пеллегрино»? – спрашиваю я мужчину как можно более сексуальным голосом.

Под сексуальным голосом я имею в виду низкий с глубокими интонациями, как у Лолы, которая пользуется большой популярностью. Но у Лолы также две верхние пуговицы на платье расстегнуты. Поезд ушел. Мужчина, которому я изначально забыла предложить воды, недовольно поджимает губы, из чего я заключаю, что чаевых он мне не оставит. Скорее всего, он один из тех, которые считают, что каждый не принесенный вовремя стакан воды ухудшает «качество его жизни». Но мне не до него. Сегодня суббота, и в ресторане полно народу. Все смотрят на официанток. На нас приятно смотреть: мы услужливы и расторопны, и мы всегда на лету – с подносом в руках и блокнотом, заткнутым за пояс. Мой следующий стол – молодая пара. Они долго изучают ассортимент и наконец выбирают два салата. Второго, крабового, у нас нет. Женщина обиженно тычет пальцем в строку под оглавлением «Наши фирменные закуски». Там действительно черным по белому написано: крабовый салат, шестнадцать долларов. Я усиленно вглядываюсь в строчку, и тут до меня доходит, что кто-то по ошибке вложил в нашу профессиональную голубую папку зимнее меню. Но раз написано, мы должны подать. Я иду на кухню и потихоньку шепчу Луису, чтобы он сделал крабовый салат. Он кивает, он сделает. А пока что я ставлю на их стол два стакана воды.

– Я не просила простой воды! – говорит женщина. – Я же заказывала минеральную!

Я извиняюсь и бегу за минеральной. Боковым зрением вижу, как они качают головами. Что может быть хуже? Хуже может быть только как у Ванессы, которая работает в соседнем зале. Она забыла с вечера выстирать манжеты, и на них краснеют следы кетчупа, которым вчера выстрелил ребенок за столом у окна. Молодая пара разом надевает очки. Какую воду они будут пить? Меня уже ждут за другим столиком, но они продолжают разглядывать этикетки.

– «Перье»? – подсказываю я.

Предлагая «Перье», я апеллирую к их тщеславию. К их чувству культурного превосходства. Во французском «Перье» есть что-то особенно культурное. Она наконец кивает, и я открываю «Перье» и уже собираюсь налить в ее стакан и в его, когда он вдруг начинает усиленно мотать головой и закрывать стакан обеими руками:

– Я сам налью!

Но воду нельзя остановить!

В конце дня менеджер отводит меня в сторону:

– Что у тебя с мозгами? Облила клиента! Два раза спутала столы! Если так будет дальше, нам придется расстаться.

Он возводит глаза к потолку. Мысль о расставании со мной ему невыносима.

После работы я буквально валюсь с ног. Я включаю телевизор, как это делаю каждый вечер, чтобы не заснуть раньше времени. Телевизор помогает мне продержаться до положенного часа. Но смотреть новости было ошибкой. В последнее время, как ни нажмешь на кнопку, что-то взрывается. Сегодня взрывается машина, и какая-то восточная женщина падает от этого взрыва на груду камней.

В воскресенье мы завтракаем принесенными мной с работы картофельными чипсами с сальсой. Вчера у нас тоже были чипсы, но другого вида. Те были сырные. Во время воскресного завтрака мы общаемся с детьми, говорим с ними об их друзьях и о том, что наркотики – это плохо. С недавних пор дочь не садится с нами за стол. Она наполняет чипсами большую миску и с ней в руках удаляется в свою комнату. Сквозь открытую дверь я вижу, как она бешено печатает что-то на компьютере. Время от времени она кладет в рот чипс и, вытирая жирные пальцы о джинсы, снова начинает печатать.

Муж ест, держа тарелку на коленях, потому что хочет что-то показать на своем планшете.

– Вчера я все-таки обогнал индуса! – говорит он. – У меня купили сорок пакетов, а у индуса только восемнадцать.

Он подносит мне планшет и объясняет что-то про синий, зеленый и красный графики. Индус Ашрафул и муж работают на Боба Финнера, продавая рекламу. Финнер их безжалостно эксплуатирует, индус уже скопил достаточно денег и собирается открыть свое дело.

Меж тем, в комнатах – кавардак: бумаги мужа лежат вперемежку с неоплаченными счетами. В оставленных в раковине тарелках плавают кукурузные ошметки. Я не могу себе даже представить, как за все это взяться. Все очень трудно. Очень-очень трудно.

Наконец приходит Ма. С собой она приносит куриный бульон, котлеты. Она заставляет Александру сесть за стол, но сначала – вымыть руки. Александра идет в ванную, и оттуда я слышу ее ворчание и голос Ма, перекрывающий его:

– А теперь пойди причешись, а то у тебя на голове Пизанская башня, – говорит Ма. Александра понятия не имеет, что такое Пизанская башня. Школа, в которую ходит – плохая, на каждом этаже дежурит полицейский. Александра считает, что Пизанские башни были в Древнем Египте.

Пока Ма готовит чай, я могу еще немного прилечь. Сегодня мы открываемся после полудня, у меня полно времени до выхода, но каждые десять минут я приподнимаюсь и смотрю на часы, висящие над моей головой. Еще полчаса, еще двадцать минут, десять. Наконец я встаю еще более уставшая, чем легла. Я приклеиваю к рукавам манжеты. Они на специальных липучках, которые не портятся при стирке, но приложить их ровно у меня никогда не получается. Нервничая и поглядывая на часы, я прилепляю проклятые манжеты, они получаются кривыми, правый выше левого, но переклеивать у меня нет времени.

Моя смена уже выстроилась в нижнем зале. Мистер Джебра размечает столы и делает пометки в журнале. Мы называемся «кафе Касабланка»; на самом деле, это старое название; мы ресторан, девушки работают за «чаевые». На всех – короткие платья с манжетами, на ногах туфли на каблуках, которыми мы выстукиваем по паркету наше рвение поспешить на зов посетителя. Сегодня мои столы будут внизу. В дверях несколько нетерпеливых семей уже ждут, чтобы им разрешили войти. Они входят и сразу устремляются к моим столам, а дети несутся, круша небольшую ограду, к игрушкам, которые уложены в два деревянных ящика. Я смотрю на детей, и мне их жалко. Что они будут делать тут, в этом сексистском ресторане? В этом мире, полном убийственных планов насчет их будущего?

Вечером мы всей семьей смотрим программу «Свидетель». Женщина поднимает руку, и ведущий – красавец преклонного возраста с явно пересаженными волосами и гордым подбородком – одобрительно кивает. Женщина, домохозяйка в белых кудрях и с плотным слоем краски на лице, рассказывает, как, выбежав на крик ребенка, увидела змею уже мертвой. В доказательство всего рассказанного камера воспроизводит дом и газон, где играла малышка, когда к ней подкралась змея. Женщина извиняется, что не может предъявить собаку, которая услышала голос свыше.

– Она недавно умерла, – говорит женщина, имея в виду собаку.

– Теперь она в раю! – восклицает ведущий, и женщина просто тает от счастья при этой новости.

– Это все правда? – спрашивает Александра мужа.

Он не слышит, занятый рассылкой электронной рекламы. За него отвечает ведущий:

– То, что вы сейчас видели, доказывает, что мир не ограничивается видимым. Нечто присутствует в нем.

Ведущий объясняет аудитории, что животные чувствуют это НЕЧТО лучше нас. Мы наивно полагаемся на здравый смысл. На науку. На медицину. Он обещает, что в следующей передаче познакомит нас с людьми, вернувшимися из параллельного мира.

Ма звонит нам сразу после телепередачи. Она тоже смотрела:

– Не исключено, что что-то все-таки есть! – говорит Ма и тут же рассказывает свою историю. Там, где Ма была во время войны, золу сносили за село и сбрасывали в ямы. Сверху пепел был уже остывший, но на дне зола горела. Ма упала в яму. Если бы не собака, которая, что-то почувствовав, примчалась из села, Ма бы не было. Говоря со мной по телефону, Ма иногда отводит трубку в сторону, и я слышу, как она откашливается. Потом она снова подносит трубку к уху, но продолжает кашлять. Я уговариваю Ма пойти к доктору и рассказать про ее кашель.

– Не морочь мне голову! – говорит она. – Откуда он пришел, туда и уйдет.

Кашель, по мнению Ма, создают сквозняки, и вообще все это ерунда на постном масле.

Ма, как и мы, живет в субсидированном доме. Шесть лет назад произошел инцидент. В квартиру Ма забрались воры. Все деньги, откладываемые на старость, она держала в тумбочке. Как-то пришла с работы и увидела взломанную дверь и опустошенную тумбочку. Воры украли и ее обручальное кольцо. Они также помочились в кухне. Но Ма на них не в обиде. Ма говорит, что от обид у людей болезни. Два года назад Ма сбила машина. Водитель уехал, оставив Ма лежать на шоссе. Потом Ма склеили, только ходить ей стало труднее. Ма не жалуется и на это. Она любит сидеть в небольшом сквере и разговаривать с белками. Она кормит их арахисом. Каждый день перед тем, как прийти к нам, Ма совершает моцион в десять кварталов – от пожарной станции до нас и обратно.

Утром меня будит музыка, несущаяся из комнаты Александры. Я спохватываюсь, что будильник не прозвенел.

– Почему ты не в школе? – кричу я дочери.

– У нас свободная неделя перед экзаменами!

Я встаю и, шаркая шлепанцами, иду к мужу, чтобы сказать, что ему нужно позаниматься с Александрой историей.

– Я позанимаюсь, – отвечает он из-за компьютера.

Моя мать умерла, когда мне было пять лет, вырастила меня ее старшая сестра – Ма. Ма тоже работала официанткой в ресторане, потом на хлебзаводе, потом бебиситтером. Все, что я хочу, это чтобы Александра была счастливой и умной. Чтобы старший нашел работу. Умных не обижают.

– Что ты знаешь про Томаса Джефферсона? – спрашиваю я Александру.

– Кто это?

Александра сидит на диване и лениво просматривает каталог с летней одеждой. Она думает, что Томас Джефферсон работает со мной...

– Попроси Ма рассказать про американских президентов! – говорю я ей, потому что у меня нет времени.

– Еще чего, – гримасничает Александра, включая телевизор.

Перед работой Ванесса, Лола и я курим во дворе.

– Интересно, где мы все будем через десять лет? – спрашивает Ванесса, задумчиво выпуская из носа синюю струю дыма. – Тебя, Лола, я вижу замужем за красивым итальянцем. У тебя будет двое детей, мальчик и девочка. Ты будешь работать врачом-диетологом, – добавляет она вещим голосом.

– А ты, Ванесса, будешь актрисой! Я тебе точно говорю! – обещает Лола своими красивым грудным голосом.

– Але-але, я здесь тоже присутствую! А я где буду через десять лет? – спрашиваю я их.

– О, ты!

Теперь, когда все внимание направлено на меня, я довольна.

Каждые полчаса я выбегаю покурить. Таких людей, как я – отдадим себе в этом отчет – на планете много. Большинство людей на этой планете устроены так же. Мы несчастны и эгоистичны. Может быть, в детстве мы были лучше? Вряд ли. Может быть, хоть в самом раннем? В самом раннем ведь все устроены чуть лучше. Чуть справедливее. Или мы просто не помним каких-нибудь гадких подробностей? Вот Ма – другое дело. Ма живет для других. Для женщин, с чьими детьми она сидит бесплатно, для меня, чьи жалобы она вечно слушает и всегда находит слова утешения.

Я направляюсь в первому столу. Когда блондинка за ним снимает солнечные очки, я узнаю Марианну. Мы с ней учились в старших классах гимназии. Тогда она была робкой полной девушкой с кривыми зубами и лоснящимся лбом.

Теперь на зубах у нее корректирующие пластинки. Несмотря на некоторую скованность в ротовой полости, она улыбается мне с чувством превосходства. Она не думала встретить меня здесь, говорит она, обводя меня своими ясными, неумными глазами. Потом она представляет мне своего супруга. Его зовут Скотт. Он привстает, пожимает мне руку и сразу незаметно обтирает ее о салфетку. От постоянного напряжения у меня потеют ладони.

– Мы проезжали мимо и подумали...

Марианна не успевает сообщить, о чем именно они подумали, потому что в эту секунду ее ребенок подбегает к столу и начинает тянуть мать за руку. При этом наступает мне на ноги. Весит он, как минимум, пятьдесят фунтов, поэтому изрядно отдавливает мне носки.

– Малыш, сейчас мама закажет тебе хот-дог! – воркует Марианна, обдавая всех, и меня, и ребенка синей от выпрямляющей пластинки улыбкой, в которой к тому же посверкивают небольшие стразы.

– Я хочу тот трактор, а он не дает! – кричит ребенок и тянет мать за собой.

Марианна делает мне жест, что она сейчас вернется к разговору. Ее короткие наманикюренные пальцы колышутся в воздухе. Далее она объясняет ребенку, что ему нужно подождать, пока другой мальчик наиграется трактором. Все это Марианна говорит специально громко, рассчитывая, что родители мальчика сейчас повскакивают с мест и отдадут ее сыну игрушку. Так и происходит. Но теперь второй ребенок бежит к нашему столу в слезах.

– У нас нет хот-догов, – говорю я, меж тем, ее мужу. – Может быть, вы возьмете ему бургер?

Муж не знает. Он – из тех мужей, которые заняты более важными мыслями. Второй ребенок продолжает орать, стоя рядом со мной и тыча мне в живот пультом управления от этого трактора. Я вижу хозяина, который появляется в дверях кухни. Он бросает в нашу сторону быстрые, тревожные взгляды. Наконец мне удается привлечь внимание Марианны, и она заказывает рекомендуемый бургер с картофелем фри и к нему две порции мороженого:

– Давай встретимся как-нибудь, вспомним школу! Помнишь Майкла Корри? – добавляет Марианна конспиративным шепотом.

Я помню Майкла Корри, только все это бла-бла-бла. Встречаться со мной она не собирается, да и живет в другом городе.

В короткий перерыв я бегу домой. Ма хозяйничает на кухне. С собой она принесла пластмассовую банку с борщом и жареную рыбу. Сначала разогревает борщ, потом рыбу, которая сильно пахнет, потому что Ма покупает ее в китайском магазине. Александра не хочет рыбы, но она съест борщ. Ма никогда не ест с нами. Она оттирает пятна на кухонном прилавке, собирает салфеткой потеки, оставленные убежавшим кофе. Она должна поделиться статьей, прочитанной в русской газете, – про параллельный мир, куда исчезают люди. Ма – с решеткой от газовой плиты в руке – другой рукой в желтой резиновой перчатке убирает со лба выбившиеся из-под шапки седые волосы:

– Беременная женщина исчезла прямо на приеме у врача! Он пишет, что оставил ее пару минут, чтобы она могла переодеться, а, когда вошел, на стуле были только ее вещи.

Покончив с этой историей, Ма переходит к следующей. Про мужчину, который исчез наглазах у всей семьи с газона у дома. Косилка осталась, а мужчины нет.

Приходит май. Воздух пропитан сиренью и гиацинтами. «Нам всем надо отдохнуть!» – говорит Ма, и, в результате, на свою пенсию заказывает нам два номера в горном мотеле в Нью-Хэмпшире. Александра будет уже в летнем лагере, а мы поедем. Но в последний момент оказывается, что Александре нужно досдавать экзамены, и Ма остается сидеть с ней, а мы едем отдыхать вдвоем. Впервые за двенадцать лет мы с мужем едем в отпуск. В Белых Горах сезон еще не начался, цены в полтора раза ниже. Мы останавливаемся в лучшем номере мотеля, где на тумбочках по графину с водой и в ванной комнате – мягкие белые полотенца. В среду мы выходим из гостиницы навстречу яркому дню. На небе ни облачка. Муж хорошо ориентируется в горах, и мы быстро находим озеро. Я уже стою с полотенцем на краю деревянного мостика, когда раздается телефонный звонок. Муж предупредительно приносит мне телефон. Это Ма, голос ее звучит странно. Как-то тягуче она говорит что-то про доктора, который делал ей сканирование и – пшшш..... Я прошу, чтобы она говорила отчетливей, потому что мы в горах.

– Что-то они нашли. Я ничего не понимаю, что они тут говорят... Доктор Хартман хотел с тобой поговорить!

– Дай ему трубку!

– Его нет. Позвони ему сама. Там какая-то ерунда, конечно, ничего особенного...

В номере я заряжаю телефон и звоню в больницу доктору Хартману. Попадаю, конечно, на автоответчик. Потом я звоню по другому телефону и прошу связать меня с доктором Петренко, – он уже много лет лечащий врач Ма.

– Доктор Петренко в отпуске! Перезвоните через неделю! – бодренько отвечает секретарша.

Я прошу дать мне личный телефон Петренко, но она не дает. Снова вынуждена звонить в больницу, снова со мной говорит автоответчик, на котором я оставляю длинное, сбивчивое сообщение. Заклинаю невидимого Хартмана тут же перезвонить мне и объяснить, что он нашел у Ма. Одновременно мы с мужем начинаем паковать вещи. За мотель мы заплатили на неделю вперед. Девушка услужливо открывает компьютер и сообщает, что мы не имеем права на компенсацию.

Муж отводит меня в сторону:

– Давай подождем до вечера! Может, действительно, ничего особенного? Нашли какой-нибудь полип, который легко удаляется...

До вечера мы сидим в номере. Муж работает, я в кровати смотрю телевизор. Дональд Рамсфелд объясняет на пресс-конференции, что журналисты сильно сгущают краски:

– Нам показывают, как банды разрушают жилые дома, грабят магазины, выносят вазы и ковры, и прочее. Это – полная ерунда! Нам просто показывают один и тот же магазин.

В восемь тридцать вечера меня будит звонок. Это из больницы, но доктора плохо слышно. С телефоном и записной книжкой в руках я выхожу на улицу, муж следует за мной.

Слышимость здесь не улучшается. Доктор Хартман звучит так, как будто он звонит из разрушенного здания в Багдаде.

– Подождите, это очень важно! Сейчас я поднимусь повыше! – кричу я ему и поднимаюсь по пожарной лестнице на крышу. С каждой ступенькой звук в трубке становится четче.

– С вами говорит доктор Хартман. У меня записан ваш телефон как контактный. Мы делали вашей маме сканирование грудной клетки и нашли опухоль.

Отсюда, с крыши, мне надо сказать ему что-то очень важное, чтобы доктор Хартман понял, что мы не можем потерять Ма. Я говорю ему, что у нее в жизни было мало радости. В детстве во время войны она чуть не сгорела в яме с пеплом, все деньги, которые она скопила, у нее украли воры. Всю жизнь работала, а пенсия у нее маленькая. И все это я говорю незнакомому доктору и одновременно понимаю, что то же самое говорят ему сотни, тысячи людей. Может быть, у многих из них даже нет страховки, и они должны платить за операцию сами. По крайней мере, у Ма есть страховка. Мы не можем потерять Ма. После многих лет Ма наконец обрела что-то, что доставляет ей радость. У Ма есть комната в субсидированном доме, которую она любит, несмотря на сквозняки. И Ма любит дорогу от пожарной станции, и белок, и чахлые тюльпаны вдоль шоссе. Сколько еще в мире найдется людей, которые могут любить это?

Вернувшись, мы с мужем хлопочем, и в следующий четверг Ма назначена встреча с главным анестезиологом больницы. Вместе с Ма мы входим в кабинет и застаем там человека в дымчатых очках. Он будет задавать Ма вопросы, касающиеся ее здоровья. Больше всего Ма переживает, что у нее очень глубокие вены, в которые непросто попасть иголкой. Она смотрела передачу про случаи, когда врач не мог найти вену. Мужчина в темных очках улыбается, и мы начинаем бесконечный разговор. Он водит по списку пальцем. «Вот здесь в груди», – показывает она. Человек в дымчатых очках качает головой и принимает решение, что операцию надо отложить и проверить сердце Ма. Ма всех успокаивает. Она пойдет к доктору Петренко, и все будет замечательно.

Чудовищный июль. Все время льет дождь, и Ма кашляет, не переставая. Она лежит в гостиной, и стены сотрясаются от ее кашля. Но сердце, как показала кардиограмма, у нее в порядке, и человек в очках при повторном свидании подписывает разрешение. На операцию мы едем всей семьей. Ма надевают на руку белый ремешок с ее именем. Мы садимся рядом с дверью, чтобы не пропустить, когда нас позовут. У мужчины в соседнем кресле такое же, как у Ма, направление на операцию. Каждые две минуты он взглядывает на часы и вздыхает.

– У вас на сколько назначена операция? – спрашивает он наконец.

– На десять.

– А у меня на девять, так что меня возьмут первым!

– У вас на двенадцать! – говорит одна из тех регистрационных женщин, которая каким-то образом слышит этот разговор.

Когда женщина отворачивается, мужчина крутит пальцем у виска.

– Не верьте ей, у меня на девять.

– Сколько мы будем тут сидеть? – спрашивает Александра. В руках у нее айфон, по которому она смотрит всякие шоу.

– Что это у тебя? – спрашивает Ма, вглядываясь.

– Так… ничего.

– Вас раньше одиннадцати не позовут, так и знайте, – вклинивается мужчина.

Ма уже лежит за занавеской в большой комнате, где много пациентов в больничных рубашках лежат за такими же занавесками в цветочек. Предплечье Ма перетянуто оранжевой резинкой уже десять минут, и молодой ординатор уже десять минут ковыряется в сосудах иглой. Он нервничает так сильно, что с его наморщенного лба на простыню падают капли пота. Через пятнадцать минут он сдается и просит Ма подождать. Другому ординатору тоже не везет, но он, по крайней мере, спокоен. Что-то насвистывая, он развязывает резинку и просит разрешения попробовать сделать укол на левой руке. Ма послушно подает руку, а другая ее рука, вся синяя, исколотая, падает на простыню. Мы все облегченно вздыхаем, когда он сходу попадает в вену. Когда лекарство в трубке начинает капать, приходят два санитара, один опускает изголовье, другой отпускает тормоз у изножья каталки. Ма вывозят из-за занавески, а мы идем рядом. Она просит, чтобы мы, когда она проснется, принесли ей зеркало и помаду. Она уже в полудреме, но перед операционной она вдруг открывает глаза и делает санитару знак, чтобы тот остановил каталку.

– Подойти ближе, – говорит она мне, и я подхожу.

– Завтра ты бросишь курить! Поняла? – говорит она, трясясь. – Если ты не бросишь, то через пять лет у тебя найдут рак легких, и еще через полгода твоя дочь останется сиротой! И еще…. Через неделю ты подашь документы в Уинстон-колледж… Я уже договорилась там…

Губы Ма белеют, глаза начинают блуждать, но она еще хочет поговорить с мужем. Ма приподнимается на локте и делает жест, чтобы он подошел:

– Я переписала на тебя деньги, которые заплатила страховая компания. Сто тысяч. Я вам не сказала. Возьми их и открой свой бизнес! Понял? – хрипит Ма.

Муж переминается с ноги на ногу. Он не хочет брать деньги, которые Ма получила за аварию. Он также не хочет предавать своего работодателя. Из груди Ма вырывается хрип:

– Дурак, никого ты не предаешь!

Она уже совсем отяжелела от наркоза, голос ее не слушается. К ней подбегают санитары, просят лежать смирно.

Она отмахивается от них и требует, чтобы Александра подошла к ней.

Александра испуганно смотрит на нас:

– Что с Ма?

Мы сами не на шутку испуганы.

– Подойди сюда! – повторяет Ма, и та подходит.

Ма берет ее за руку:

– Ты завтра пойдешь в библиотеку и попросишь, чтобы тебе дали книгу по американской истории. Ты прочтешь ее от корки до корки. Я знаю будущее! Если ты не прочтешь эту книгу, то через десять лет ты будешь мыть посуду в кафе

«Касабланка». И ты будешь делать это с утра до ночи и проклинать свою жизнь. В тридцать четыре года у тебя будут опухшие ноги, и твои дети будут тебя презирать! Распухшие ноги и больное сердце! – добавляет Ма совсем уже глухим голосом.

– Джисус! – бормочет Александра.

Белая, как стена, она хочет вырваться, но у Ма откуда-то взялась невероятная сила.

– Обещай! – хрипит Ма, ухватив Александру за руку и не отпуская ее.

– Джисус! Я обещаю, обещаю… – кричит Александра.

Санитары уже держат дверь открытой, там виднеются в белом свете белые горы.

– Помаду не забудьте! – кричит Ма, увозимая туда.

Черешня

Во время пересадки во Франкфурте-на-Майне я села на скамью и сразу заснула, а когда открыла глаза, то увидела невдалеке группу наших. Нас опознать легко: мы единственные во всем мире одеты в меха. От группы отделилась женщина в норковой шубе на каблуках. Я узнала Иру Линёву. Она меня тоже узнала, подошла. Оказалось, что уже десять лет живет в Германии. Когда-то мы встречались в компаниях, она всегда была дружелюбна, весела, много пила и не пьянела. Она была очень красивая, что признавали все – и мужчины, и женщины. Сейчас, как и я, она ждала рейса на Москву, который задерживался. Было четыре утра, кафе закрыты. Мы нашли автомат, она заплатила карточкой, и мы вернулись к нашей скамейке.

Кофе был невероятно вкусным, горячим, сладким. У нее в Москве оставались родители. Они были в порядке, оба до сих пор работали. Такое редко услышишь в наше время. Я облегченно вздохнула – не нужно соболезновать неизвестным мне людям.

– Миленький, у меня все классно! Мать консультирует, отец преподает... Все классно, – повторила она звонко.

Ее голос звучал жизнеутверждающе, грудной, теплый голос. Красивые и веселые люди вызывают в нас желание узнать больше, как будто от знания деталей нам передастся часть их счастливой природы. Даже грусти ее оставалось завидовать: что-то читалось на дне светло-серых глаз – бесшабашное, рассеянное. В ожидании, пока устранят техническую неисправность, мы пили кофе и обменивались вздохами о нашей многострадальной родине. Потом она рассказала.

В университетские годы Ира очень любила одного молодого человека – оба учились на мехмате, он – годом младше. Его считали подающим большие надежды, практически гением. Гений или нет, но любила не за это. Увидела на вечеринке и влюбилась с первого взгляда. А он, конечно, нет, – был занят учебой, и еще говорили, что страдает из-за какой-то женщины много старше его. Пять лет Ира ни о ком больше думать не могла.

Потом, перед госэкзаменами, в университете пошли слухи, что «гений» болен. Университет он не закончил.

Через год после университета Ира познакомилась с Васей. Они сошлись.

– Миленький, я не знаю – не спрашивай! – она посмотрела на меня, как будто оправдываясь.

Вася был человек из совершенно другой среды. Даже не из ее круга знакомых. Родился в Сибири, приехал в Москву просто так, как тогда говорили, попытать счастья. Зарабатывал оформителем. В те годы я ее, кстати, видела в сопровождении высокого здоровяка с румяными щеками.

– Вася – худой, среднего роста. – Она покачала головой, и ранее замеченный мною блеск в глазах снова придал ей вид грустной девочки.

Она забегала к нему после работы, он снимал квартиру рядом с Белорусским. Холодильник был пустой, если не считать луковицы и куска сыра. Не то чтобы Вася ей очень нравился, но ее дразнила его независимость. Все за ней ухаживали, а он нет. Отношения их были совершенно свободны от романтики. Он доставал из стенного шкафа единственный комплект постельного белья и застилал диван. После она шла домой, тщательно мылась, и утром уже ничто не напоминало о прошедшем дне. Она могла думать о своем Сереже. Он, не доучившись, начал работать инженером, по-прежнему ее не любил, но разрешал любить себя. После долгой зимы пришла холодная весна, пришло и лето. Ира с Васей шли по улице. У них только что был секс, и она хотела взять такси и побыстрее добраться до дому, но почему-то продолжала идти с Васей. Когда они спустились в метро, ей стало вдруг невыносимо грустно. Старушка из Молдавии продавала в переходе черешню. Ира остановилась и смотрела на нее.

– Белая черешня, – сказала она.

Вася выгреб из кармана все деньги и купил ей большой пакет черешни. Они ехали в разных направлениях. Она ела невкусную, недозревшую черешню, и сердце ныло.

Через неделю она переехала к нему.

Мы допили кофе. Люди зашевелились, началась посадка. Но мне не хотелось торопиться. Мне хотелось узнать, что случилось дальше.

В длинной очереди, состоящей из наших, Ира мало выделялась. Москвички все очень хорошенькие: у всех высокие скулы, русалочьи глаза. Надо, видимо, немного больше знать человека, чтобы видеть красоту.

Она была с Васей три года, а потом что-то внезапно повернулось в ее судьбе, и тот, кого она так любила, вдруг стал добиваться ее. Точно так же молча, как пришла к Васе, она, собрав чемодан, ушла. Он не удерживал.

Происходило обычное копошение. Мой чемодан подвергся проверке, и мы ждали, пока из него вынут вещи, найдут бутылку с лосьоном.

– Курить хочется зверски, – сказала Ира. У нее в руках была пачка «Парламента»; она была из тех, кто мог прямо на глазах у изумленных таможенников закурить. Запросто.

– Я вышла за него, за свою мечту. И все у нас классно.

Она продолжала рассказывать, несмотря на то, что мы уже могли идти.

Недавно она решила уйти с работы. Деньги были, свой дом, машина, отпуск в теплых странах, сейчас она летела к родителям, потому что они делали евроремонт.

– Знаешь, не могу простить себе, что ушла от Васи.

Мы стояли в дверях самолета. Стюардесса вежливо ждала.

– Эту черешню не могу забыть. Как он все деньги высыпал и купил мне ее. Все бы отдала, лишь бы опять вот так идти с ним по улице к метро...

Было неудобно дальше тянуть. Стюардесса протягивала руку. Да и история, похоже, подошла к концу.

Во время полета я закрыла глаза и погрузилась в один их тех хороших спокойных снов, когда снится читаемая книга, или фильм, или рассказ знакомой о странной любви. Эти сны тем хороши, что редактируют материал. Может быть, в жизни книга была не столь хороша, фильм – полная безвкусица, любовь – не настоящая, выдуманная. Но во сне под редакцией странного гения – всё лучше.

Ее встречал высокий худой старик с красивым лицом, и я поняла, что это отец.

Абонемент

Лена с Левой жили очень скромно, не позволяли себе дорогих развлечений, но раз в две-три недели, в субботу, ходили на концерты в знаменитый Симфонический зал. Лена была красивая, серьезная молодая женщина. Она занималась на двухгодичных учительских курсах в Гарварде, хотела быть преподавательницей в старших классах. Когда-то училась на педагога, но надо было получить лицензию. Сама платила за обучение, взяв в студенческой кассе беспроцентный заем. Лева – сутулый, с обезьяньими руками, длинными и не всегда чистыми ногтями, был настройщиком клавишных инструментов; в последнее время количество заказов убавилось. Они бы себе такой роскоши, как партер в Симфоническом, не могли позволить. Билетами Лену с Левой снабжал Ленин друг Гулич. Лена знала его еще до Левы, они ходили в одну школу, пока семейство Гуличей не уехало в Штаты. Гулич звонил за несколько дней до концерта, спрашивал, свободны ли они в субботу, и поскольку они неизменно отвечали, что свободны, то так оно и повелось. Гулич заезжал после работы и доставал из портфеля длинный конверт с билетами. С ранней красивой сединой, радостными глазами, он одним своим видом поднимал настроение. У него была компания по производству технических красителей, он носил европейскую одежду, коллекционировал старинные монеты, занимался йогой и альпинизмом. Разносторонне развитый человек. Жена Гулича работала переводчицей в госдепартаменте, много ездила.

Лена с Левой не спрашивали, почему Гулич отдавал им билеты. С благодарностью принимали конверт и отмечали в календаре день, когда пойдут в Симфонический зал.

Здание Симфонического располагалось сразу за Кристиан Сайенс Монитор и отличалось от всех других строений центральной части города тем, что занимало целый квартал. Правда, это был небольшой квартал, но все-таки здание заметно выделялось своей длиной, колоннадой и ярко освещенными окнами. Ко входу вела широкая лестница из серого гранита. Когда начинали запускать слушателей, сюда подруливали машины с нарядно одетыми женщинами и мужчинами преклонного возраста. Молодых было на удивление мало.

Вход в зал был покатым. Его устилала подбитая войлоком бордовая дорожка, по обеим сторонам которой прямо из пола светили лампы. Такая же ковровая дорожка устилала паркет в проходах. Несколько девушек всегда стояли у дверей. В руке они держали пачки программок.

– Правда, у нас замечательные места? – спрашивала Лена, беря Леву за руку, чтобы он случайно не начал грызть ногти на глазах у всех.

У него была такая привычка.

– Да, да...

Лева сосредоточенно изучал программу.

– Выключи телефон, – говорила Лена.

– Да-да, – отзывался Лева.

Лева всегда занимал место рядом с проходом, чтобы можно было во время концерта подергивать заброшенной на ногу ногой. Упав в кожаное кресло, Лена глубоко вздыхала от удовольствия. Она любила зал, звуки настраиваемых инструментов, приглушенный говор на балконах. Свет медленно угасал, переходя от бордовых тонов к шоколадным. Музыканты заканчивали репетировать, опускали смычки, и в полной тишине из правой боковой двери на сцену выходил знаменитый Джеймс Ливайн.

Лена слушала рассказы Левы об этом лучшем ученике самого великого Жана Мореля, но даже если бы он не рассказал ей, то она и сама бы поняла, какого уровня дирижер Джеймс Ливайн.

– Классно, что он у нас здесь оказался? В Бостоне-то, а? – говорила Лена Леве.

– Да-да.

В перерыве Лена с Левой неизменно отправлялись в буфет в огромном холле – тот очень быстро переполнялся. Здесь к финалу первой части появлялись официанты; они стояли за двумя гранитными прилавками, за спинами у них высились полки с коньяками и винами. Лева с Леной заказывали портвейн и два маделена. Лева был сладкоежкой. Быстро съев свой маделен, он начинал пощипывать печенье на ее тарелке. Это вызывало улыбку на лицах нарядных пожилых соседей по столику. Лена улыбалась им в ответ, как будто привычка мужа отщипывать от ее маделена кусочки желтого теста было их специальной, отрепетированной дома шуткой. В то же самое время она незаметно толкала Леву под столом ногой.

– Да-да, – говорил Лева и убирал руку от маделена, и вежливо кивал соседям, которые смотрели на него с понимающей улыбкой.

В эту субботу в антракте все столы оказались заняты. Лена с Левой притулились у окон между двумя передвижными «станциями» с кофейными машинами. Рядом, в углу, за единственным не полностью занятым столиком, сидел одинокий мужчина. Черный плащ с ярлыком London Fog на соседнем стуле успел наплакать лужу. Сам же мужчина весело смотрел по сторонам. Он поворачивался в разные стороны, как будто давно не видел людей и созерцание их доставляло ему теперь большое удовольствие. Его живое лицо, блестящие каштановые волосы – все было мокро от дождя. «Вот эта полоска незагорелой кожи на лбу... Он только недавно состриг их», – подумала Лена, которая любила восстанавливать причинно-следственные связи, даже если они имели отношение к маловажным предметам. Вторым хобби Лены было угадывание профессии.

– Как ты думаешь, кто он по профессии? – спросила она у Левы

Лева отпил портвейн и сказал, что сейчас спросит, если надо. Лена сделала предупреждающий жест:

– Нетушки! Нужно угадать!

Лева постарался угадать. На все, что бы он ни называл – бизнесмен, шеф четырехзвездочного ресторана, директор частной школы, где Лена будет работать, – тут он хитро улыбнулся, показав желтые зубы, – Лена только качала головой.

Мужчина допил свой коньяк и, бегло, на прощание, еще раз оглядев посетителей, направился в зал. Лева с Леной сели за освободившийся столик. Больше всего они любили сидеть вот здесь, в этом красивом помещении, где стограммовый стаканчик портвейна стоил двадцать долларов. Портвейн был необычайно вкусным, и маделены были свежими. Лене нравились похожие на пингвинов официанты, осторожно ходившие между столиками, словно скользя по льдине. Они подносили руку к посуде и спрашивали: «Можно взять?»

– Да-да, – кивал Лева.

Впрочем, ему все это было безразлично. Лева, сутулясь, кривовато улыбался отражению в белом покрытии стола и продолжал думать о своем.

Лева вспоминал, как в Москве после концерта знакомые музыканты водили его в ресторан, а после ресторана, пока они упаковывали инструменты, он сидел в опустевшем зале. Он почему-то любил это вспоминать. Лена думала о том, что, когда она получит постоянную работу, они тоже с Левой купят абонемент, чтобы каждую субботу сидеть в партере. А в июле, в период отпусков, они будут ездить в Тэнглвуд, где Ливайн проводил летние концерты. Когда-нибудь, когда у них с Левой родятся дети, им наймут учителя музыки, а когда дети немного подрастут, они будут возить их в музыкальную школу на Гарден-стрит.

Во втором отделении была премьера «Oedipus Rex», и Лева энергично двигал ногой, раскачивая кресла рядом. Может быть, не все, но ее кресло точно качалось. Потом Лена с Левой стояли и хлопали. Лена с восторгом смотрела на кланяющегося дирижера. Ей очень нравилось, что они с Левой первыми встали, а уже потом за ними поднялись остальные.

– Бисов не будет, – сказал Лева.

– Откуда ты знаешь? А вдруг?

Лева был прав. Слушатели хлопали еще и еще, но музыканты больше не играли. В гардеробе Лене было приятно, что старый работник, которому, наверное, стукнуло сто лет, узнал ее и, не глядя на номерок, принес их вещи.

Лена с Левой вышли и спустились в метро. В вагоне было душно. Лена видела Левину понурую голову, которая возвышалась над другими. «Какая у него ужасная стрижка!» – думала она. Лева с Леной знали друг друга с университетских времен. Лева был двумя годами старше. Познакомились они на вечеринке. Он и в восемнадцать лет был таким же понурым, со всем соглашающимся Левой. Он долго не решался заговорить с ней. Не было счастья, несчастье помогло. Лена в походе сломала ногу. Перелом был отрытый, после операции и выхода из больницы, откуда ее отпустили нескоро, Лена еще месяц лежала дома. Лева приходил. Он приносил Лениной матери цветы и отцу – чешское пиво. Отцу он нравился тем, что настраивал их пианино.

Лена сдалась, когда они уже доучивались. Они съехались с Левой, а еще через год оформили отношения, потому что появилась возможность уехать.

– В Америку, конечно, – сказала Лена.

– Да-да, – кивнул он.

Так получилось, что Лена с Левой поссорились. У Левы была депрессия, и Лена была недовольна, что Лева не хотел лечиться. Из-за депрессии Лева отказал двум денежным клиентам. Лена терпела, но в конце концов сказала, что им надо разъехаться. «Да, да», – понурился Лева и поселился у Гулича. Гулич спросил, не возражает ли Лена, если он пойдет на концерт вместо Левы. В первом отделении был Рихард Штраус, в перерыве Гулич взял два мартини и два бутерброда с черной икрой. Лена рассказала ему, что умеет угадывать профессии.

– Видишь, ту женщину, которая берет кофе. Как по-твоему, кто она?

Она была уже немолодой, но стройной, с красивыми ногами и очень узкими лодыжками. Лене хотелось думать, что именно так она будет выглядеть через двадцать лет. Когда женщина подошла поближе, направляясь к своему столику, Гулич склонился к Лене:

– Она – скрипачка, разумеется.

Лена ответила вопросительной улыбкой и характерным подъемом бровей:

– Скрипачка? Ты так уверен?

– Видишь пятно на шее у подбородка? От скрипки.

– Я только в семидесяти пяти процентах умею угадывать. – сказала Лена.

Нужно было возвращаться в зал. Ливайн вышел, все встали. Была Шестая симфония Бетховена. Гулич протянул Лене бинокль, потом он попросил его обратно. Лена огорчилась. Во-первых, это была ее любимая симфония, во-вторых, она все-таки была дама. В-третьих, что-то произошло посреди концерта; музыканты замолкли. Что-то случилось! Что-то случилось? Что там? По залу пробежал трепет. Где-то даже раздались всхлипы, и голоса повторяли: «Упал, упал…». Все встали, встали и Лена с Гуличем. Лена увидела, что Ливайн лежит на полу. Гулич посмотрел в бинокль и опустил его….

– Что случилось? Что там? – взволнованно повторяла Лена. Гулич побыстрее вывел ее из зала.

Осенью вместо Ливайна оркестром руководил приглашенный дирижер.

– Ливайн взял длинный отпуск! – сказал Гулич.

– Да-да, – ответила Лена.

В тот вечер она позвонила Леве и попросила его вернуться. И он вернулся, и они снова шли в Симфонический зал, слушали музыку, а в перерыве отправлялись в буфет и пили сладкий портвейн, и ели маделены.

Кафе Au Bon Pain

Мой приятель Гриша Панев был завсегдатаем в большом кафе Au Bon Pain на Гарвардской площади, которое позже разрушили и на его месте стали строить студенческий научный центр. А раньше там дневали разного рода люди. На улице в ограждении стояло три десятка черных железных столов со стульями. Тут пили кофе, курили, глазели на прохожих, читали, влюблялись, даже на моей памяти несколько раз делали предложения. В плохую погоду хорошо было сидеть внутри, где высокая стеклянная галерея с круглым потолком вмещала до пятидесяти человек. Галерею облюбовали шахматисты, раскладывали доски, ставили часы. Все знали всех и помнили, кто на что играет. Гриша всегда сидел там с книжкой и время от времени поднимал глаза на игроков. К нему привыкли, к тому же он и сам хорошо играл, поэтому дружбой с ним гордились надменные кембриджские мастера. И еще одна особенность его характера стала мне очевидна со временем. Он нравился женщинам. Росту он был невысокого, эффектной внешностью тоже не отличался. Можно даже сказать, что был некрасив: бледный, с торчащими черными волосами, с синевой на щеках, которую американцы называют «Five o'clock shadow». Такая синева легкой небритости красит мужчин с классическими формами лица, твердым выражением губ и подбородка. У Гриши на лице проступала дикая смесь его предков. Раскосые глаза, большие скошенные кверху брови, большие нос и рот придавали ему непонятную свирепость. Но стоило с ним заговорить, он преображался. Умел он слушать внимательно и заинтересованно. Во время разговора застывал, а глаза у него светились, да так ласково, что сразу пропадало чувство неловкости. С ним делились тайнами, а когда просили не рассказывать, он только улыбался: «Кому я могу рассказать!»

Гриша был математиком, в те годы работал над диссертацией, работа позволяла сидеть дома. Жил он за мостом, в районе Back Bay в небольшой студии под крышей. Когда ему надоедали четыре стены, он прогуливался по городу, и неизменно ноги приводи его на Гарвардскую площадь. Мы, как и все местные, ее называли просто Площадь.

– Ну что? Завтра на Площади?
– Да, давай.
– Ну, до завтра!

И так продолжалось два года. Иногда мы выбирались из гущи людей в галерее, шли к реке, обсуждая по-приятельски тревожные перемены на родине. Потом с полгода его не было, и я как-то забыла о нем. Когда же мы опять увиделись, он обрадованно пригласил меня к столику и представил Эве. Не могу передать, какое она произвела на меня впечатление. Во-первых, красота такого рода уже заставляет остолбенеть. Ей было лет тридцать. Она была красавица в полном смысле слова: и фигурой, и внешностью, и манерами. Ее лицо с широко расставленными серыми глазами, с веснушками на белой коже обрамляли темные волосы, казавшиеся дымчатыми, настолько они были прямы и тонки. Поражала ее тактичность, ее умение обратиться с правильным вопросом. Она была лингвистом и знала языки. Отлично говорила на немецком, итальянском и еще ряде романских. На всех этих языках она читала книги и хорошо разбиралась в литературе. Конечно, в доме был рояль, и, конечно, она играла на нем с детства. Когда Эва отошла долить себе кофе, Гриша добавил к сказанному историю. Эва рано вышла замуж за шофера. Шофер возил ее деда, директора научного института. Бабушка преподавала в консерватории. Эве в женихи прочили кандидатов наук, молодых гениев, музыкантов. Она уперлась и настояла на своем. И вот как-то в одной квартире, куда они с мужем пришли в гости, она увидела рояль.
– Паша, сыграй! – сказала она мужу.
– Я не играю.
– Не ломайся, здесь все свои!
– Я не ломаюсь, я не умею.

– То есть как не умеешь?

– Дорогая, я шофер! Я вожу машину… Ты не знала?

Эва была поражена – она думала, что на рояле умеют играть все.

Расстались лучшими друзьями, на прощанье они позвали в гости. Мы с мужем пришли с бутылкой красного вина по указанному адресу и оказались на дне рождения. Одновременно праздновалось ее поступление в аспирантуру.

Мы стали бывать у них по разным поводам. Эва занималась чем-то в области искусственного интеллекта, в чем я сама не разбираюсь и поэтому не буду об этом рассуждать. Гриша тоже имел страсть к языкам, и в гости к ним приходили самые удивительные личности. Веселью не было конца. Особенное оживление вносили культурологические споры. Заспорили как-то мой муж с приятельницей Эвы, ливанской девушкой, у кого сленг цветистей. Включились все. То, что произнесла ливанка, обнаружило такую бездну воображения, что абсолютно покорило компанию. «Пусть Аллах пошлет вас и всех ваших жен идти пустыней. Пусть в дороге на вашем пути встретится тутовник. Пусть жены устремятся за сочными ягодами, и в ту минуту, когда все они войдут в кусты, тутовник воспламенится, и его огонь проникнет в вагины всех ваших жен и выжжет их, чтобы они никогда не имели потомства!»

Может, кому-то покажется такое времяпрепровождение утомительным, но нам было здорово весело. Сели пить кофе, и Гриша предложил Эве сыграть. И она послушно села за рояль и стала исполнять Шуберта. Играла она профессионально. Ну, бывают ведь такие люди! В наши времена сугубой специализации их называют «ренессансными». Гриша потом рассказывал во время одной из наших прогулок по Площади, что Эву с младенчества растили те самые бабушка с дедушкой. Мне хотелось знать больше про новую знакомую.

– А что, родители умерли?

– Родители ее не хотели.

Я остолбенела, и мне вдруг стало ужасно жалко эту прекрасную девушку. Вообще детей ведь жальче всего, а уж нелюбимых детей – тем более. Любовь родителей – это то, на чем мир стоит. Что же должно произойти с маленьким человеком после родительского предательства?! А она все равно продолжала верить жизни. Вот такая мысль меня посетила. Но много ли я знаю о мире и правильно ли сужу о людях, покажет дальнейшее.

Это была Гришина идея, чтобы Эва брала уроки музыки. Как-то мы вчетвером выходили из Симфонического зала и остановились на парадной лестнице. Высокий, плотного сложения мужчина помахал нашим друзьям. Они проговорили пять минут, потом мужчина достал телефон и записал в него что-то. Все его движения были неторопливо-мягкими. Разговаривая, он улыбался с достоинством. Когда сказали «до свидания», он пошел по лестнице, помахивая концертной программой, и даже со спины было видно благородство его неторопливых движений.

– Кто это? – спросила я у Гриши.

– Профессор музыки.

– Какой томный!

– Томный? – переспросил Гриша.

– Ну, может, показалось. Что-то барское в нем...

– Эвин учитель, – коротко сказал Гриша.

Мы редко теперь виделись с Гришей на Площади. Он был занят по работе. Все больше получалось сходиться на Эвиных концертах. Ее сольные выступления происходили в большой аудитории университета. После концерта обычно начинался фуршет и длился долго. Потом большой компанией шли вдоль реки, шумно переговаривались, музыка продолжала звучать в ушах. Я до сих пор помню ее игру. Мы приходили к ним домой, в их скромную квартиру почти без мебели. Эва не дорожила ничем материальным. Мне казалось, что они с Гришей счастливы. Ведь иначе быть не могло: у обоих было любимое дело, увлечения, друзья. И еще одно обстоятельство – у них были они сами, молодые, веселые, с перспективным будущим, с поисками счастья.

О счастье все тогда только и говорили. Наверное, в своем роде это были замечательные четыре года в стране. Во главе ее стоял красивый, умный президент, были надежды.

Пошли в гору науки. Так показалось мне. На Площади ребята в зеленых майках с рисунком дерева, этим символом жизни на земле, раздавали петиции в защиту окружающей среды. Иногда вместе с петицией, которую просили заполнить, вы получали бутылку минеральной воды или тюбик натуральной зубной пасты.

Да, так вот о счастье. Что за птица такая счастье? Зачем мы за ней гонимся, ходим к психиатрам, спрашивают у них, как стать счастливыми? Счастье – это освещение. Это когда мысли пришли в порядок, и видишь большое кафе под небом и этих ребят в зеленых майках с белыми листками в руках и тюбиками с натуральной зубной пастой.

– Из чего делается паста? – спросила я у мальчика.
– Из земли, – ответил он.
– Что-то в этом есть, – говорю.

И вот я иду как-то летом по площади, и вдруг погода меняется. Пока я пересекаю площадь по диагонали, жара сменяется осенним холодом, начинает дуть резкий ветер. Под ним бегут женщины с колясками… Они покрывают детей кофтами. И вдруг я вижу Эву. Она стоит у дверей кафе, огромный зонт рвется из рук; тонкая фигурка так вытянулась в струну, как будто вот-вот сейчас улетит. Я уже было собралась к ней подойти, как заметила, что взгляд ее устремлен на едущую мимо обочины машину. Машина остановилась на повороте с Массачусетс к улице Джона Кеннеди, и Эва пошла к ней, волоча зонт, который вывернулся в другую сторону и блестел сломанными спицами. Она прошла мимо меня и, взглянув, продолжала идти с тем же зачарованным выражением лица. Я поняла, что она меня не узнала. А не узнала она меня, потому что была в том особенном состоянии, которое вызывает только любовь. Дверь открылась с другой стороны, она села, и машина тронулась. Я увидела поцелуй, я узнала ее профессора музыки.

Засверкали молнии, дождь застучал чаще. Свет сменился на интенсивно-белый. Он лился из разрыва туч. Внезапно небо оказалось темно-синим, а здание с кафе – ярко-желтым.

Сценарий

Одним мужчинам нравятся полные блондинки, другим – худые брюнетки. Одни любят, чтобы у женщины была большая грудь, а другие – чтобы маленькая. Всем не угодишь, думал Константин Прокупец. Его коллега писатель Имануилов был три раза женат, и все три раза жены его не устраивали. А Константину угодить было легко: ему нравились женщины просто за то, что они такие другие, загадочные существа. Взять вот Лелю, которая делала налоговые декларации для Задушевного. Вроде бы ничего особенного. Но нравился ее запах, нравились руки с тонкими запястьями. Костюм, каблуки, тридцать лет. «Красивая! – думал Прокупец. – Можно и поухаживать!» Он попросил Имануилова представить его.

Через неделю декларация легла на стол Прокупцу. Леля попросила подписать и сложила бумаги в пакет, чтобы отнести на почту. Сказала, что сама и завезет по дороге в поликлинику.

– А что такое?

– Почки.

– Надо ж, такая молодая – и на тебе!

Потом он увидел на коврике у двери золотую сережку, которую она, видимо, уронила, когда надевала шапочку. Константин сгреб вещицу и положил в портфель с намерением побыстрее отдать хозяйке.

В следующий раз они столкнулись на улице.

– Слушай, – спросил он, – а что у тебя с почками?

Она объяснила, что у нее иммунная болезнь и дальше что-то на латыни. В общем, она уже была на диализе.

Потом он звонил, приглашал, и они пару раз пили кофе. Она рассказывала. Больница искала для нее донора. Было несколько кандидатов, но все больше сумасшедшие. С дьявольской хитростью они хотели отдать свой орган. Приходилось прилагать огромные усилия, чтобы сумасшедшие не прорвались в очередь на донорские тесты. Каждый интервьюируемый отнимал у медицинской комиссии время. Брали только по одному. Донорша Эйлин слышала голоса. Отпадало. Ричард из Майами кричал в телефон, что жизнь положит на то, чтобы взяли его почку. Бросит пить. У него, подходящего Леле по всем параметрам, к счастью, обнаружили в кишечнике кисту. Петр с лихой фамилией Магаданский спросил, сколько ему заплатят.

У Константина Прокупца было время, и он занялся проблемой «красивая женщина в несчастье». Постепенно Константин втянулся, думал о ней. Когда они выходили, люди непроизвольно поворачивали головы и смотрели вслед. На Константина Прокупца никто никогда так не смотрел. Друзья про него говорили «хороший человек». Так обычно говорят о безвредных. Ее харизма действовала безотказно, ему хотелось изучить Лелю, узнать поближе. Как она живет? Секретарша журнала посоветовала фильм про любовь. Он пригласил Лелю. В тот синий, безветренный вечер Константин Прокупец ощущал лирическое томление. Он мечтал пойти после кино к ней. В разрезе декольте над квадратиком пластыря волнующе голубела вена, в которую вставляли катетер, когда делали диализ. Прекрасной тайной веяло от всего этого на Константина Прокупца.

Снова начались будни, Прокупец искал варианты для Лели, читал интернет. Можно было полететь в Индию, там почки были дешевыми. Он ходил в синагогу и в церковь. Все впустую.

Были еще, конечно, масоны. Имануилов считал, что они могут «пробить почку» по своим каналам. Константин Прокупец про масонов знал что-то темное – про тайные жертвоприношения. Поэтому, когда Имануилов сказал «обязательно напиши им и сходи лично», – он издал горлом клокочущий звук.

– Отцы-основатели были масонами! Джордж Вашингтон... Бенджамин Франклин! Труман!

Имануилов был неумолим.

Константин написал письмо и лично сходил в ложу у Центрального парка. Его направили в нужную дверь с самого главному, к старейшине.

– Ну как? – спросил Прокупец.

– Человек увеличит свою духовную энергию, если сделает добро, – ответил главный масон.

Прокупец его, кстати, раньше встречал на одной свадьбе. Тот был сильно пьян и лез целоваться к невесте.

Душа его тосковала, он был готов к отчаянным поступкам. Последней каплей стал слух, что Гиркина увольняют. Секретарша шепотом сообщила. Секретарши все знают заранее.

– Гиркин – самый лучший политический аналитик! За что?!

Секретарша объяснила, что на Гиркина написаны две анонимки, он обвиняется в сексуальных домогательствах.

– Гиркин? – изумился Константин.

Гиркин был лысый, с животом и двумя детьми. Константина это даже как-то обидело: его вот никто и не подумал обвинить, настолько он никого не интересовал. Так прошло два месяца. Кончалось лето, первые желтые листья сорвались в лужу у дома. Константин Прокупец понял, что очень устал. При этом он втайне от всех делал нечто важное, что должно было все изменить в его жизни.

Утром двадцать первого сентября Константин Прокупец одевался на встречу с одноклассниками. Приталенная светлая рубашка, бежевые брюки, пиджак с острым воротом – все говорило о том, что носящий это – успешный человек с хорошим вкусом. Он выбрал туфли. В портфеле, помимо рабочих бумаг, лежала толстая папка. Константин Прокупец давно работал над сценарием полнометражного фильма, который, он был уверен, купят в Голливуде. У него был гениальный сюжет. Клонируют человека...

На работе важная встреча с клиентом окончилась лучше, чем он ожидал. Тот к предыдущему заказу прибавил новый. Коллеги поздравили Константина. Они шли в ближний бар отмечать успех. Он отказался, взял портфель и пошел к машине. Из зеркальца на него смотрел молодой, но уже умудренный писатель. Предстояла встреча с продюсером. В Америке насчитывалось семнадцать человек, которые могли бы запустить его фильм. На самом деле про это он слышал от бывшей одноклассницы Лилиан. Она была дочерью того самого кинематографического магната. Он нашел в пригороде дом с роскошным входом. Не дом, а прямо-таки замок. На подъездной дорожке дорогие машины блестели в лучах заходящего солнца, горели итальянские светильники на крыльце. Вход в нижний этаж был забран узорной решеткой, женские голоса выделялись на фоне глухих мужских. Прокупец ступил на мраморный пол, прокашлялся, подавая знак о своем прибытии. На него бросилась собака, и, когда он принял меры защиты, выставив вперед портфель, смачно лизнула его в лицо. Потом навстречу вышел хозяин, вместо руки протянул Прокупцу стакан с виски.

— Вокруг одни трезвенники, не с кем выпить, — воскликнул он. — А в непьющем человеке, как известно, душа тоскует! Запомните это, молодой человек!

— Я запомню!

Прокупца обступили. Зускин был с Уолл-стрита, Шварцман работал профессором сразу в трех университетах. Бывшая любовь Светлана Мерц открыла пять математических школ в городе и пригородах. Поговорили обо всех, кто не смог приехать, похвастались детьми и попросили Прокупца читать.

Он прокашлялся.

— Поздним июньским вечером незнакомец шел по дороге в сторону города.

Он читал и читал молчаливой аудитории. Нулевая реакция слушателей действовала угнетающе. Настроение портилось с каждой минутой. Он уже ненавидел собственный голос. Чем могущественнее становилось положение клонированного героя, который в конце должен был стать президентом США, тем ужаснее Константину Прокупцу виделось его собственное. Это был очевидный бред. Через час чтения голос у Константина сел. Он выпил скотча. Голос на какое-то время вернулся. Дальше он пил еще. Наверное, выпил много, потому что очнулся не там, где читал. Он осознал, что происходит что-то из ряда вон выходящее. Гостей не было. Он и Лилиан лежали в кровати. Она провела рукой по его члену. Большое женское тело оказалось под ним. Потом – над ним, рыжие волосы щекотали лицо. Ему было одновременно тяжело и радостно; кровать под ними подпрыгивала и, наконец, не выдержав, рухнула. Лежа на провалившемся нагретом матрасе, он ощущал невероятное: Лилиан жарко лизала ему ухо. Утром она растворилась, и он проснулся в обнимку с мохнатой псиной. Хозяин дома встретил его в купальном халате, он только что отплавал в бассейне, волосы были мокры. Он поставил перед Константином Прокупцом кофейник и чашку. Поставил тарелку, бутерброды с черной икрой.

Прокупец поморщился, голова у него раскалывалась. Мысль о пище вызывала в желудочном тракте революционное волнение. Хозяин налил в кофе сливки и с жаром стал хвалить его сценарий.

– Абсурд высокого уровня! Клонированный президент – это мощная сатира! Будем думать, будем читать всем советом и потом дадим ответ.

– Положительный? – пошутил Прокупец из последних сил. Про себя он гадал, видны ли два розовых засоса на его шее.

В какой-то момент в кухню пришла собака, положила ему на колени голову и нежно обслюнявила его брюки.

– О, Господи, – промычал Константин Прокупец.

Лилиан отсыпалась у себя, он сел в машину и увидел, что бензин почти на нуле. По дороге он думал о Лилиан, чувствовал запах рыжих волос. Она была такая красивая и здоровая. Но сейчас он хотел только одного – доехать до заправки. И доехал, и она даже была открыта. Константин залил полный бензобак, полез в портфель за кредитной картой и увидел сережку.

– Баран! Идиот! – пробормотал Прокупец и, решительно заведя машину, поехал к Леле.

Он гнал машину, и в голове проносились смелые и гордые мысли.

Конечно, он это сделает! Конечно! Да как же ему это раньше в голову не пришло! Когда она будет благодарить, он скромно ответит: ерунда, он и раньше бы сделал, просто не мог из-за особых обстоятельств.

Она встретила на пороге. На ней была пижама, поверх накинута шаль. Ясное, удивленное лицо.

– Можно, зайду? – нерешительно спросил Прокупец.

– Ну, входи, только у меня не убрано.

На обеденном столе в гостиной вперемежку лежали косметика, журналы мод, газовый шарф змеился на сквозняке. Леля смела журналы в выдвижной ящик, кремы и эти штуки для глаз побросала в коробку, поправила воздушным движением скатерть. Он протянул ей сережку. Золотая капелька присоединилась к своей паре в шкатулке.

– Чаю? – спросила Леля.

– Очень бы хотелось!

Стеклянный чайник забулькал на кухне, и Константин Прокупец заварил жасминовый, который нашел в коробке. Леля принесла на блюдце печенье. Они сели рядом за стол. Он небрежно сказал, что готов стать донором, сердце при этом громко стукнуло в грудную клетку, как в барабан. Он слышал стук сердца внутри и снаружи. Оно стучало на стенке в дешевых часах-ходиках. Его сердце было больше него самого.

Леля ответила. Она, конечно, понимает, что он это делает, потому что питает к ней чувство. Именно поэтому принципы не позволят ей согласиться.

– Не позволят? – переспросил Константин с облечением.

– Нет.

Чай остывал.

Он, похоже, действительно просто завез потерянную сережку.

Над Канадой небо сине

Рельсы уже расчистили, но поезда стояли холодные, пустые. Об автобусах и думать было нечего. В помещении станции по полу ездили слюдяные лепешки со следами подошв. В информационной будке сидел служащий; он устал повторять одно и то же. Перед Любой, которая все-таки хотела разузнать насчет автобусов, оставалось несколько человек. Она отметила одного. Он был старше, с плеча свешивалась синяя брезентовая сумка на веревках, с какими путешествуют исключительно канадцы, которые любят ездить налегке. Он выслушал от служащего, что автобусы пойдут не ранее чем завтра, и отошел в сторону. «Спокойные люди канадцы», – подумала Люба и вспомнила, что то же самое ей говорила и племянница, от которой Люба возвращалась сейчас, очарованная суровой природой и красивыми людьми. Домой ей возвращаться не хотелось. Там ее ждали одни сплошные тяготы – работа, холодная квартира, грубый лендлорд.

Люба все еще думала о спокойствии канадцев, когда ее собственное спокойствие было неожиданно нарушено.

– Что ты здесь делаешь, душа моя? Почему не сказала, что будешь у нас?

Наконец ей удалось выпутаться из объятий. Полные щеки ее полыхали:

– Я... Автобус...

– Ничего не хочу слушать! Сейчас поедем вместе на поезде, там и расскажешь!

Красивое, острое лицо Милены, длинный шарф изумрудного цвета подействовали на Любу магически. А Милена Савицкая, высокая, властная Милена, уже атаковала дежурного. Он вдруг проснулся, стал дуть в рацию, и уже через три минуты откуда-то со стороны офисов бежал к ним через зал диспетчер, неся в вытянутых руках свежие, прямо из принтера листы с расписанием. Они купили билеты и вышли к поездам. Люба вдруг решила сбросить с себя груз жизни. Пахло снегом и свежей гарью.

– Ну, рассказывай, что ты делала в нашенской тьмутаракани? – требовательно спросила Милена. Она шла на полшага впереди, Люба видела только острый профиль и наклоненную вперед голову.

– Я сейчас, сейчас расскажу... Сядем в этот вагон?

– Какая разница!

Люба пожала плечами – действительно, какая разница, все вагоны были одинаковые, и народу в них было мало. Она зашли и выбрали места, чтобы сидеть друг напротив друга.

– Ну вот, как хорошо! Будем ехать и рассказывать все, что произошло за эти шесть... – Милена задумалась, – неужели семь лет прошло?

– Я навещала племянницу, у нее рак груди.

Милена поморщилась, потом кивнула:

– Сейчас лечат. Я приехала из Франции – чудеса сейчас делают в Европе. Такие чудеса – закачаешься! А как твоя жизнь вообще? Моя-то скукота. Сейчас еду к дочери в Нью-Йорк. Неужели стареем? Во Францию приходится ездить, но там тоже не сахар в последнее время, сама знаешь.

– Скукота? – переспросила Люба и мысленно согласилась.

– Скукота.

Мимо них прошел кондуктор, у него было бугристое обмороженное лицо. Милена обдала его улыбкой, отдала билеты и повернулась к Любе:

– В музее нашем была?

Люба в музей не ходила, но ей хотелось поддержать разговор:

– Хороший?

– После Франции-то?

– Да, – согласилась Люба, которая каждый год собиралась поехать в Франции, но пока не собралась.

– Медицина канадская паршивая, – сообщила Милена. – Впрочем... Пусть твоя родственница мне позвонит. У меня муж – клевый врач. Угу. Все устроит, а иначе не дождешься очереди. Нет, я, конечно, за бесплатную медицину, но не за очереди. Спасибо!

Люба благодарно взяла Миленину руку, и какое-то время они сидели молча.

– Он совершенно свой в доску, хотя и канадец... – пробормотала Милена, убирая руку.

Ехать в поезде было приятно. Вагон топили, спокойствие охватило Любу. Она любила поезда, любила ездить в них.

– Сколько ехать? – спросила она.

– Шесть с половиной.

– Ой, я думала поездом быстрее.

– А чего ты переживаешь?

– Так ведь работать надо.

Милена вынула из сумки флакон с помадой и, заглянув в Любины толстые очки, быстро мазанула по губам. Потом она подвигала ими взад-вперед, и помада легла ровно.

– Всем надо работать. Ты где, кстати, пашешь? В каком универе?

– Я в школе.

Милена села прямо и с любопытством посмотрела на нее. Она старательно что-то вспоминала:

– Слушай, мы когда прошлый раз виделись, ты же в этом была, как его...?

– Меня сократили, и я устроилась в школу.

Люба сказала это спокойно, чтобы было видно, что она не жалеет. Она, конечно, жалела...

– Над Канадой небо сине, – пропела Милена. Похоже было, что она и не придала перемене, случившейся в Любиной жизни, большого значения. Она достала айпод и показала серии фотографий. На них были площади, храмы, палисадники, статуи, льющие воду, базарные лотки, горы фруктов, лица... Лица были разными, каждое со своим выражением, со своей мыслью. Любе казалось, что она смотрит кино. Очки у нее запотели, так быстро приходилось махать ресницами, чтобы успеть за картинкой. За окном меж тем тянулись тоскливые серо-белые поля, кое-где просевший снег был покрыт египетским тростником. Милена сняла пальто и, укладывая его в отсек над их головами, протянула руку за Любиным, лежащим на коленях. Люба подала ей пальто. Стало удобней греть затекшие ноги у теплой батареи.

Они говорили, и получалось, что студенческие годы были насыщены событиями. Вспомнила Милена даже историю про профессора, который пришел в их класс и, не разобравшись, стал читать лекцию по астрофизике. И пока другой их преподаватель его не остановил, он так и читал, сыпя цифрами. А потом, извиняясь, все повторял: «Что-то они все на одно лицо!»

– А я немножко завидовала твоим успехам!

Люба удивилась. Шутки ради она встала и даже смешно покрутилась перед подругой – толстенький бочонок на ножках…. Посмеялись обе, вызывая зависть у остальной части вагонной публики. Милена с трудом усадила ее обратно.

– Париж люблю! – сказала она. – Ну что поделаешь, если не придумали в мире ничего лучше? Жалко будет, если Европа накроется. Сейчас уже не та, что была десять лет назад… Я бы Европу закрыла для всех, пусть бы была, как музей. Но ничего это не случится, и скоро не будет всей этой красоты, этой свободы, этих вольных университетов. Понимаешь?

Люба не все понимала.

– А в чем свобода?

– Ты шутишь, душа моя? Свобода во всем. Она в воздухе!

В полдень женщины пошли в ресторан. Милена объяснила, что рыбу в поезде брать нельзя, и они попросили тарелку с тремя видами сыра и фруктовый салат. Заказали также бутылку эльзасского вина и стаканчики. «Прекрасный выбор!» – воскликнул бармен. Люба заметила, как он немного лебезит перед красивой подругой, но так, что ему самому в радость. Кроме них, все остальные посетители ресторана были мужчины. Заказав скотч, они поднимали стаканы за донышко, смотрели сквозь них на двух отгороженных своей самодостаточностью женщин и начинали говорить чуть громче. «Над Канадой небо сине…» – снова запела Милена, поглядывая в окно.

Когда-то они учились вместе в старших классах школы, потом оказались в одном университете. Высокая, не очень блещущая способностями, зато общительная Милена и маленькая, с большим лбом молчунья Люба дружили, и не было и дня, чтобы они не виделись, а когда закончили учебу и разъехались, то совершенно не скучали друг по другу и даже не переписывались. Любе и не о чем было писать. Жизнь ее сложилась не очень интересно, она скиталась из штата в штат: Колорадо – два года, три – в Атланте, два – в Остине. Для того, чтобы вспоминать, нужна поэтичная душа. Милена говорила ярко, вскрикивала: «Ой, я даже сама не знала, что помню такое!» И так прошло два часа.

Двери захлопали, с двух сторон вагона-ресторана пошли люди. Было время обеда, к железному холодильнику рядом с Любой то и дело подходили, доставали соки, минеральную воду. Милена рассказывала о муже с восхищением:

– Он – умница! Без него я бы сошла ума! Я уже и так немного сумасшедшая, – говорила она, наматывая на палец прядь волос.

Люба теперь слушала рассеянно, и все вспоминала того молодого преподавателя по рисованию, который был в нее влюблен. Он одевался смешно, все на нем сидело вкривь и вкось. Он ужасно ей нравился, но был женат.

«Над Канадой небо сине… – пела Милена. Видимо, песня соответствовала настроению. Голос у нее был грудной, томный – …как похоже на Россию, только…» И тут Милена вдруг замерла. Прошли две минуты, а она все смотрела, практически не мигая. «Что это она там высматривает?» – Люба попыталась обернуться, но холодильный шкаф за ее спиною препятствовал обзору.

В их вагоне ничего не переменилось. Кто-то спал, кто-то смотрел в окно. Опять Люба подумала о доме, и под сердцем что-то тоскливо заныло. Как во сне, прошли границу, и снова дорога, снова застучали колеса. Так ехали еще полчаса, и вдруг поезд замедлился, а потом и вовсе встал. Очень скоро по вагонам пронеслась весть, что нужно выйти… Поломка случилась рядом с какой-то станцией, надо было только перейти через пути. Холодало, и начинал сыпать снег. Идущая толпа выглядела как группа беженцев. Мужчины тащили развороченные в дороге сумки, женщины волочили за руку разбуженных плачущих детей, кто-то толкал коляску с инвалидом. Все были уставшие, голодные. Все торопились в станционный буфет. Любе было зябко и очень хотелось кофе с булочкой. Вокруг бойкие матери-американки через головы стоящих за ними передавали мужьям тарелки с едой. Перед Любой все и кончилось, ни с чем она отошла и опустилась у окна на узкую скамейку. Пропавшая было Милена вернулась, неся поднос с бутербродами и чаем.

Люба ела вкусный бутерброд, пила сладкий чай, она переключилась на мысли о доме. Снова она стала жалеть, что нужно туда возвращаться. Когда Люба опаздывала с рентой, лендлорд оставлял под дверью гневную записку, на которую он даже не тратил лист бумаги, а брал что-то из мусорной корзины... А в школе ей приходилось трудно, нужно было выбивать деньги. Школа была плохенькая, дисциплина хромала, а тут еще ввели эти новые государственные экзамены. Сейчас она приедет, на нее обрушится составление планов. Она преподавала социальные дисциплины и рисование. Многие дети не могли купить краски. Она забыла о Милене – и вдруг удивленно посмотрела на нее. Милена плакала. Из ее глаз текли крупные некрасивые слезы и она утирала их своим изумрудным шарфом. «Ты видела его, видела? В синем клубном пиджаке, такой невысокий, с проседью?» Непонимающе Люба помотала головой и посмотрела по сторонам. Никого похожего не было. «Действительно, немного сумасшедшая», – подумала она.

Все тут же объяснилось, когда Милена, громко высморкавшись в салфетку, стала рассказывать.

Они встречалась два года подряд. Он был старше, напоминал ей отца. У него был загородный дом, она приезжала в пятницу после работы, и все это было чудесно. Свечи, океан за окнами. Летом они купались, потом сидели в джакузи. Зимой катались с утра на лыжах, по вечерам топили камин. Иногда ели в простой сельской гостинице на площади. Самый скромный ужин из запеченного картофеля с сыром и полоской бекона был свежим и сытным. К нему подавали в неограниченном количестве салат из морской капусты и соленые огурцы. Именное соленые, а не маринованные! И вдруг полгода назад он прервал отношения. Она, как обычно, приехала в пятницу... Он позвал ее в ресторан, и она пошла, ничего не подозревая. Она только накупила себе новых платьев... Теперь их некуда даже носить... Совершенно некуда... Милена снова стала плакать, и Люба уже ничего понять не могла, кроме того, что жизнь потеряла для Милены всякий смысл... «То есть всякий смысл пропал, и некуда смотреть!» – повторила Милена, видимо, переводя английскую фразу. Люба слушала ее как завороженная. Ей было Милену жаль, и немного стыдно за нее, и хотелось спросить: а как же муж?

Слава Богу, объявили, что уже можно возвращаться в вагоны. Они пошли, как и прежде, – Милена немного впереди, разрезая острым лицом воздух. На путях еще суетились рабочие, звонко звучал молоток, бивший о холодное железо. Потом они поехали. Подруга смотрела в окно, а Люба снова думала про школу. Платили ей мало, работать приходилось день и ночь, она всегда была уставшая, ей хотелось есть и спать, она располнела. Когда Люба поднимала голову, она видела в в окне отражение Милены, ее надломленную позу.

«Без страстей жить проще», – подумала она с некоторым облегчением и прикрыла глаза. Они подъезжали к Олбани.

Ирен из фотоателье

Микки взял упаковку «Blue Moon» и пакет картофельных чипсов. На кассе он увидел пачки с солеными орехами и добавил две из них в свою корзину. Сигареты тоже надо было купить, хотя мать сердится, что он дымит. Ничего, он выйдет на балкон. Микки расплатился и вышел, прижимая большой кулек к груди. В небе стояла такая огромная луна, что казалось – это ее дыхание белеет в сером воздухе. В багажнике до сих пор лежали пляжные кресла, которые они с Ирен купили на исходе лета. Он перебросил их в дальний правый угол, туда же полетела подстилка, вся в мелком песке, и большая шляпа-сомбреро. Микки поставил мешок с покупками к краю багажника и прижал одним из кресел к борту.

Дорога шла мимо кладбища, деревья стояли голые, и видны были райские яблочки. Красные и желтые, они останутся так до самой зимы – хороший корм птицам. Микки заметил, что птицы перестали улетать на юг, – настолько, значит, изменился климат. Дорога заскользила вниз. Когда зажглась зеленая стрелка на светофоре, он свернул налево. Он хорошо знал короткий путь – по улице Абердин, и потом нужно было резко взять направо и ехать до перекрестка. Еще один короткий квартал и потом направо. Рядом с домом парковочное место покрывали крупные листья платана, некоторые из них падали с их дерева, а какие-то принес ветер.

Родители делили с соседями двухместную парковку. У тех, правда, было еще одно парковочное место, но и машин – три. Соседи принципиально убирали листву только со своей половины. Годами Бруно, отец Микки, выходил утром, чесал в затылке и шел искать в сарае грабли. Он собирал листья, собирал серую пятнистую кору, которая сыпалась в это время года и забивала дорожный слив так плотно, что после дождя на улице образовалось озеро. Недавно отцу сделали операцию на сердце и поставили кардиостимулятор. Микки сможет выполнять его работу по хозяйству. Микки во многом походил на Бруно: такой же крупный, с длинными конечностями, большой головой. Недавно у него начали седеть волосы, и мать говорила, что именно в таком же возрасте стал седеть отец.

– У отца была тяжелая работа! – добавляла она.

Последний кризис пошатнул дела в архитектурной компании. Отец стал часто вздыхать и потирать грудь. Мать, которая до того была домохозяйкой, выучилась на риелтора, но нанимать человека для ухода за домом им было все равно не по карману. Отцу стало трудно приставлять высокую лестницу к козырьку крыши, стало трудно чистить желоб. Вода застаивалась в нем, при первых заморозках могла обвалить черепицу, разорвать трубу. На потолке появлялись подтеки. Отец говорил: «гори оно огнем, давай продадим и купим квартиру». Но мать почему-то цеплялась за большое, разваливающееся на глазах жилище в три этажа, с набитым рухлядью подвалом. Как знала. Когда Микки три месяца назад вернулся в дом родителей, он разобрал подвал и внес туда вещи. Ирен осталась в их нью-йоркской двухкомнатной квартире, которая вдруг стала казаться огромной. Не столько даже места занимали его пожитки, сколько он сам.

– У меня талант большого объема! – пошутил Микки.

Он всегда был всем доволен, что типично для неудачников. Это старший брат прошел трудную адаптацию. Братья дружили и с особой радостью подшучивали друг над другом.

– Микки, как я люблю тебя, балду!

– Конечно, любишь! Ты всех любишь, ты же на лекарствах!

Микки достал из машины покупки и поднялся на второй этаж, чтобы поставить пиво в холодильник. Тот оказался забитым до отказа, ни одной свободной полки.

– Ма, куда мне пиво засунуть?

– На балкон вынеси!

Ее голос звучал снизу, из подвала. Микки посмотрел под ноги.

– Тебе нужна помощь?

– Нет!

– Что ты там делаешь?

Он думал, что мать затеяла стирку.

Когда она зашла в кухню, он сразу прочел на ее лице недовольство. На почтительном расстоянии она несла банку с окурками.

– На!

Она отдала ему банку.

Микки вышел на балкон, постоял, посмотрел на свое белое дыхание. Хотелось курить. Поежился, но идти за курткой было лень. Он сел на металлический стул лицом к балконной двери и достал бутылку и сигареты. Было красиво, небо блестело звездами, которые стали видны лишь недавно, когда опала листва с платана. В кухне мать затевала ужин. Из холодильника один за другим она вынула пакет с маринованным мясом, мешок с рисом и большой пук зелени. Откинув красивую голову, громко позвала мужа:

– Бруно, Бруно!

На ней было серое шерстяное платье, которое очень шло ее стройной фигуре; темные волосы были уложены в высокую прическу, на ногах – черные туфли. Если бы Микки не знал, он бы подумал, что перед ним молодая женщина. Спину она держала очень прямо, и в переднике, который она обвязала вокруг талии, напоминала танцовщицу фламенко. Отец показался в дверях кухни. Теперь, когда их не было слышно, они казались ему особенно милыми. Окно медленно запотевало – видимо, от разогретой духовки. Микки открутил пробку, отхлебнул и стал смотреть на родителей.

Микки увлекся фотографией в детстве. Они с отцом оккупировали ванную комнату. На переброшенную поперек ванны доску устанавливались тазики с проявителем, закрепителем и штатив. В колледже страсть к фотографии возобладала над всеми остальными увлечениями. К черно-белой, конечно. Благодаря ей он, в конечном счете, и познакомился с Ирен из фотоателье. Она научила его общаться с клиентами: важно дать им почувствовать, что они как родные. Спрашивать о мелочах. Нужно помнить детей и домашних животных. И никогда не спрашивать о партнерах, потому что они меняются быстрее, чем домашние животные. Специфика контингента. Знаменитости. Модельеры, актеры. Как ваша третьеклассница? Как ваша морская свинка?

Полгода назад Микки чуть не разбогател, когда выполнил работу для знаменитого режиссера. Режиссер должен был вернуться со съемок и хорошо заплатить. Он также обещал представить его своей группе. В знак доверия он дал Микки частный телефон. Микки позвонил в условленный день, когда режиссер сказал. В трубке прозвучал незнакомый голос. В Колорадо на съемках в горах на режиссера обрушился камнепад, и он умер, объяснил голос. Микки после этого, конечно, не спрашивал о деньгах.

Когда Ирен сказала, что они расходятся, Микки собрал вещи и приехал к родителям. С Ирен он больше не общался.

Мать настойчиво упоминала курсы риелторов. Отец молчал. Мужчины в семье были ироничные молчуны. У таких сердце быстро изнашивается. Русский врач, друг отца, посоветовал Бруно снова заняться музыкой. Бруно в детстве ходил в музыкальную школу. Микки присутствовал при разговоре, потому что Алекс Леви, так звали врача, был в тот вечер у них в гостях.

– Ты шутишь? – печально улыбнулся Бруно.

Доктор похлопал Бруно по плечу и, повернувшись к Микки, подмигнул ему.

– Уговори его!

Микки втащил синтезатор на третий этаж, подключил. Теперь отцу было чем заполнить вечер. Он играл Шуберта, но делал это в наушниках, чтобы не раздражать мать.

Время от времени она затевала серьезную беседу с мужем, считала, что пора сына поставить перед выбором. Бруно отвечал неохотно.

– Перед каким выбором?

– Ты не понимаешь, что ли?

– Его нужно стимулировать, чтобы он получил специальность! Хватит витать в облаках!

Микки чувствовал, что придется сдаться.

После ужина Микки отнес посуду из гостиной в кухню и поставил ее в моечную машину.

Она встала рядом.

– Следующая запись на курсы риелторов начинается второго декабря!

– Ма! – взмолился он.

– Я ничего не говорю. В этом доме я вообще немая!

– Ма, прошу тебя!

Микки взял бутылку пива и спустился в подвал. Старый телевизор стоял на нужном канале. Микки открыл пиво и стал наблюдать за игрой. Под ноги он поставил картонную коробку с вещами, которую нашел за диваном. Его тяжелые ноги сразу продавили в ней вмятину – стало удобно и мягко. В перерыве он открыл коробку, там лежали старые детские игрушки; они слежались от времени. Он вытащил Микки Мауса и сжал его, проверяя на прочность. Точно во сне, он вытащил из коробки медведя Людовика, у которого в детстве отгрыз пластмассовый черный нос, и потом мать приклеила этот нос назад, но не по центру, а как-то криво сбоку.

– Привет! – поздоровался Микки.

В это же самое время, пока он, тридцатилетний мужчина, разбирал коробку и здоровался со старыми знакомцами, в нью-йоркской квартире знаменитого режиссера происходил разговор. Он шел на повышенных тонах. Режиссер отчитывал ассистента:

– Попал под камнепад! Как можно быть таким идиотом? Шутник... За все годы моей гребаной жизни я не встретил никого лучше этого фотографа! Ведь гений!

Растерянный ассистент отвечал, что он сейчас позвонит кое-куда. Что у него есть телефон этой, ну, жены фотографа... Как, бишь, ее? Ирэн.

Свадьба

Ирина Матвеевна Зябликова, маленькая женщина того деликатного сложения, которое у французов называется «птит», прилетела к дочке на свадьбу и привезла младших девочек с собой. У нее тонкие лодыжки и короткий, оправдывающий фамилию, вздернутый нос, которого она немного стыдится.

Дочь в Америке похорошела. Они долго едут в такси, дочь рассказывает про свадьбу. Свадьба будет роскошной, на берегу океана. «Гостей будет ломище, Паша оплатил билеты!» – хвастается Алена. Захлебываясь от гордости, она рассказывает матери про то, что в конце торжества за ними приплывет парусник, на котором они отправятся в свадебное путешествие. Она называет города, отели, где они будут останавливаться. Ирина Матвеевна улыбается. Она вспоминает, как много лет подряд стирала в ванной, на руках, одежды дочки. Никогда она не доверяла стиральной машине. Та рвет вещи, истрепывает хлопок, шелк. Потом она точно так же стирала платьица младших. Она смотрит на свои руки. Теперь они отдохнут, эти усталые красные руки. Ах, как хорошо, что Алене не придется так работать. Муж у нее надежно устроен. Нет, что ни говори, а девочке ее повезло!

Но перед свадьбой Алена почему-то все утро сидит на подоконнике в одной комбинации. Ее длинные каштановые волосы распущены, падают на грудь. Ирина Матвеевна слишком занята с младшими сестрами, чтобы уделить ей внимание. Их надо одеть, причесать. Одиннадцатилетняя Зина вертится, роза с ее платья падает на пол. Ирина Матвеевна, уколов палец, подкалывает атласную розу к поясу.

Наконец они одеты и одна за другой выбегают из комнаты.

– А помнишь, мама, Сашу Рудного? – неожиданно спрашивает Алена.

– Помню, – отвечает Ирина Матвеевна рассеянно, думая про себя: что за Саша Рудный?

– Я его тоже пригласила, а он не приехал!

– Ничего-ничего, – утешает мать.

Алена еще ниже опускает плечи, вздыхает и все смотрит в окно, и теребит в пальцах локон.

– А помнишь, как он носки в прихожей менял? – спрашивает она, улыбаясь воспоминанию. – Смешной! Боялся, что они пахнут!

В дороге жених много говорит о политике. Он говорит о демократах, которые непременно победят на выборах. Сам он, хоть ему не выгодно финансово, голосовал за демократов. Видно, что он человек умный, с принципами. Ирине Матвеевне неловко. Она, чтоб ее не выгнали из школы, проголосовала за кого ей велели. Как гадко! Потом Павел сообщает, что жить они с Аленой непременно переедут в пригород.

– В пригород? – переспрашивает Ирина Матвеевна.

– О школе надо подумать! – говорит Павел назидательно. – В городе только в частную можно отдавать. Нет, в пригород, пригород!

Вот они и приехали. На берегу моря разбит огромный шатер. Вокруг шатра стоят жаровни, бегают повара, обслуга. А поодаль стоят специально нанятые охранники и никого из посторонних не пускают к месту торжества. С собой Ирина Матвеевна привезла фартук, который, видать, не придется надевать. Столы ломятся от еды. Вегетарианский стол. Рыбный. Стол с фруктами.

Ее представляют гостям. Она прикладывает руку к сердцу, догадываясь, что они хвалят Алену. Они складывают губы и издают голубиный вздох. На сей раз они умиляются сестрами. Она улыбается, улыбается.

Сегодня жарко, а будет еще жарче. От жаровен в воздухе колеблется дымка. Ирина Матвеевна, которая устала кланяться и улыбаться, вдруг видит пруд. Студенткой она копала его, потом они разгружали камни, мостили берег. Там ей случайно разбил камнем бровь Витька Солодов. Пруд назывался «Комсомольское озеро». Она вспоминает Витьку, прикладывая руку к брови, нащупывает шрам. «Ирка, Ирка!» – она слышит Витькин голос и вот-вот очнется от сна.

Но это только гремит музыка. Свадьба уже в полном разгаре. Музыканты играют, и пары молодые и пожилые танцуют на красном ковре, которым устелен деревянный пол шатра. Ее дочь в ослепительном малиновом платье, выше и стройнее всех, плывет по кругу в объятиях мужа. Ирина Матвеевна счастливо смотрит на дочь. Гремит музыка, гремит. Ирину Матвеевну подхватывает под руки полный человек в зеленых штанах и большой оранжевой кофте. На нем, когда он взмахивает руками, гремят железные значки и фальшивые медали. Он ходит вокруг Ирины Матвеевны вприсядку. «Казачок!» – кричит он. На минуту она радуется: «Русский?» «Русска нет! Американ! Казачок, казачок!» – кричит он, утирая потный лоб ладонью и снова хватая ее за руку. Она крутится и улыбается ему. Она не знает, что делать с руками, ногами. Ноги устали в итальянских туфлях на высоком каблуке. А народу собралось много, и все они хлопают им – и жених, и родители жениха.

Приданое дочери составлял чемодан с простынями, махровыми полотенцами и пододеяльниками, которые Ирина Матвеевна собирала много лет. Чемодан так и остался нераскрытым. У дочери все есть: постельное белье, пуховое одеяло, полотенца. Наконец Ирине Матвеевне удается избавиться от ухажера-плясуна. Она, чуть не упав на красном плюшевом ковре, пятится и все продолжает улыбаться. О, эта проклятая улыбка, прилипшая к лицу! Никак Ирине Матвеевне ее не отодрать. Обернувшись и видя, что ее никто не преследует, она выходит из шатра и по тропинке идет к океану. Вокруг бродят охранники, они одеты в темно-синие рубашки, под мышками круги пота. Ирина Матвеевна им тоже улыбается, прикладывает руку ко лбу: ах, как жарко! Раскаленное солнце висит над блестящей острой травой. Сейчас, сейчас ей будет лучше. Она уже скинула туфли и бредет по горячему песку босиком. Вот сейчас бы скинуть и душное платье и нырнуть с пирса в морскую воду. Но как скинешь платье, когда вокруг столько людей. Охранники смотрят на нее удивленно. Куда она идет и зачем? Она и сама не знает, куда и зачем она идет. Подальше от громкой музыки, от человека в зеленых штанах.

Скоро подрастут и сестры Алены и тоже уйдут из дому. Она останется одна. Она садится на камень и смотрит на океан. Музыка теперь звучит далеко, все заглушают волны. Они наплывают на острый берег – вжик.. «Вот тебе и вжик!» – вслух произносит Ирина Матвеевна. Нынче она – учительница французского, а потом она выйдет на пенсию, и все ее забудут. И тут она вдруг вспоминает этого самого Сашу Рудного, смешного, в коротком пиджачке. Он приносил Алене первую вишню в пакетике, свернутом из простой газеты. Она еще сидит, морщит лоб, пытаясь вспомнить что-то.

Ей пора возвращаться. Она снова надевает туфли и идет через заросли травы к шатру. Молодые охранники не хотят ее пропускать. Они машут руками, показывают, что туда нельзя, там свадьба. Та смена, что была раньше, уже ушла, а эти ее не знают. Она прикладывает руку к сердцу: она мать, мать, понимаете? Они качают головами, складывают руки крестом, показывая, что вход запрещен, и жестом показывают, что она туда должна идти, туда, через траву к шоссе.

Ирина Матвеевна послушно идет к шоссе. Жарко, трава колет лодыжки. Туфли проваливаются в сухой песок. Каблук она сломала. Шестьсот рублей. Ей приходиться красться, чтобы ее не заметили и не прогнали. Наклонив голову, она забирается в самую гущу травы. Музыка гремит громче, а потом вдруг стихает. Застыв перед дверью шатра, Ирина Матвеевна оглядывается и видит, как к берегу на широких парусах бесшумно подходит двухмачтовая яхта.

Рассказ медсестры

Только весной бывают такие дни, когда уже не холодно, но еще не жарко; теплый воздух чист, и все вокруг – берег, вода и деревья – окутано розово-золотым сиянием. Над прудом зависают хриплые крики уток. Я иду по насыпной дороге, под ногами хрустит гравий, и во всей природе разлита усталая легкость, какая бывает в конце долгого дня. Облако зависло над водой. Мне кажется, взмахни я руками, я тоже поднимусь в воздух и зависну. Кто знает, может, так оно скоро и случится. Про болезнь сердца я узнала недавно, и поначалу совершенно потерялась. Теперь я живу, будто впереди вечность. Мне вспоминается такой же день много лет назад. В ясные дни вспоминается дальнее, чудесное. Чудесное, оно же и вечное, не правда ли? Случайное повторение в природе теней и солнца создает такую химическую реакцию, и вдруг все оживает.

Было это в апреле шестьдесят пятого года, и мне, стало быть, тогда только исполнилось двадцать четыре года. Поначалу я приняла привезенного в больницу мужчину за мертвеца. Задержалась после смены и подошла к машине в ту самую минуту, когда санитар ругнул напарника, чтоб тот пошевеливался. После этого носилки с грохотом укатили в коридор, но лицо человека со светлым бобриком волос три дня не выходило из головы. Прошло пару недель, и он оказался в нашем отделении. Ходили слухи, что он выбросился из окна, а кто-то утверждал, что это был несчастный случай. В понедельник по его делу пришел инспектор Валетта. Марко его звали, я его, разумеется, знала, как и почти всех полицейских в городке. Когда случалось что-то особенное, типа того, что с Сергеем, присылали именно Марко. Был он маленького роста, черноволосый, с седоватыми усами. Умный как черт. В корейскую войну его ранило.

– Ну как оно все? – спросил меня Марко.

Он-то решил, что я буду посредницей. Я немного знала русский, в колледже учила. Но Сергей прекрасно объяснялся.

Марко поправил бляху на ремне, придал себе серьезности.

– Так я пойду побеседую!

Я показала палату. Сергей там лежал пока один. Марко пошел. Походка у него была своеобразная, он немного подпрыгивал. Это все из-за той раны, которая пришлась в ягодицу, но над Марко не смели подшучивать.

Вышел он в хорошем расположении духа:

– Поразительные люди – русские, – сказал он мне. – Крепкие, как орехи!

Потом было затишье, назначались процедуры. Заведующую отделением Джейн попросили уделить Тальникову особое внимание, сообщать о малейших изменениях. Через два дня из регистратуры позвонили: к нему – посетительница. Ей было лет пятьдесят, но она молодилась, даже подкрасила губы перед тем, как войти. В руках она мяла букет. Вышла эта дама через полчаса, постояла перед аквариумом. Нос ее блестел, глаза слезились. «А наши дохнут почему-то!» – сказала она нам с Джейн про рыбок. В палате потом я вынула ее букет из графина с питьевой водой. Больного – он спал, – я не тревожила.

В последующие дни заходили еще несколько человек. Пришел секретарь с работы, по поручению декана. Потом приходили из администрации университета, что-то насчет страховки. Джейн сразу переправляла их в социальный отдел. Только в понедельник пришел декан. Хотя его никто не спрашивал, пустился в объяснения. Он был на конференции, только вчера вернулся. Он очень волновался, все время потирал руки. «Может, нанять машину и перевезти в главную центральную больницу?» Джейн его убедила, что лучше оставить больного здесь, тряска ему навредит. А потом, после Сергея, он захотел еще встретиться с психиатром. Мы с Джейн переглянулись. Наше новоприобретение, доктор Зангер, не любил разговаривать с чужими о своих пациентах. Как мы и предположили, в его кабинете декан пробыл недолго. Вышел он оттуда потный: «Если возникнут проблемы, пожалуйста, свяжитесь со мной по личному телефону!» – сказала он и протянул визитную карточку.

Мы немного удивлялись, что нашего русского так мало навещают. В больнице про него уже знали все: человек «оттуда» был редкостью в наших краях.

Я позвонила Оуэну. Так и так.

– Если он здесь, – не исключено, что имеет поручение от КГБ.

Я не поверила, и как бы в шутку спросила про КГБ Сергея.

– Никакого задания мне никто не давал. Я, Стефани, всего лишь доцент кафедры философии и здесь оказался по чистой случайности. Вообще-то приглашался мой руководитель, он – выдающийся ученый, но его не пустили по национальной причине.

Он как-то запнулся, не стал дальше рассказывать.

– Чем я могу помочь? – спросила я.

Смешной вопрос. Он всегда просил, чтобы я разрешила ему покурить. Это был наш вечный спор. Он был из тех людей, у которых под мягким характером скрывается упрямая натура.

– Другие вон, я вижу, курят, – говорил он.

– У них не отбиты легкие.

Он имел надо мной непонятную власть:

– Это все ерунда, – говорил он, засовывая в карман халата бумажку.

Через две недели Сергей уже вовсю разгуливал по коридору. Ему нравилась Джейн, которую он любовно называл мама Джейн. Он заводил с ней разговор о ее сыновьях. Я догадывалась, что он нарочно путает их имена, чтобы задержаться у Джейн подольше. Джейн распутывала его обратно:

– Это – Джон младший, ему тринадцать лет, это – Уильям, это Мэтью, им по восемь, они близнецы.

Все ее мальчики были большими, щекастыми с крупными, как у нее, чертами лица и черными, как у отца, глазами. Потом, поняв, что он просто не хотел ложиться в постель, Джейн отгоняла допросителя, и Сергей неохотно брел в палату дожидаться обеда.

А на выходные у него оставалась только я. Я сама выросла в большом городе и долго не могла привыкнуть к тому, что событие здесь – это когда олень повалил ограду, да дикие индейки поели цветы в огороде. Бывало, в отделение привезут старика-ветерана, палившего из ружья по сараю. Поговорить Сергею было не с кем, вот он от меня и не отставал.

– Расскажи, что в городе?

– Привезли елку, устанавливают на главной площади.

– Что еще?

У него был чудной британский акцент и еще что-то такое в манерах... Был он какой-то обходительный, что ли?

Ему были прописаны процедуры, составлен график занятий с физиотерапевтом. Других дел у него не было. Когда становилось хуже, он подзывал меня, чтоб я посидела рядом и поговорила с ним. Но это случалось редко, и, в целом, он обходился. Я хотела его развлечь, спрашивала, не взять ли из библиотеки детектив. Обычно больные просили такое чтиво.

– Мне своего детектива хватает, принеси лучше газет.

В газетах он читал все, от новостей до сообщений о смерти, потом выносил их в коридор и неизменно оставлял на столе какую-нибудь почерканную карандашом статью.

Но он думал. Я видела его взгляд... Я уже знала, когда он так смотрит, сама присаживалась рядом. О себе он говорить не любил, больше спрашивал обо мне. А мне и рассказывать было нечего: подругами, если не считать Джейн, я не обзавелась. Из близких у меня оставался старший брат Майкл, который жил неподалеку. А средний брат во флоте служил. Я младшая была в семье.

Ему было необходимо сделать международный звонок. Поскольку он уже шел на поправку, Джейн разрешила ему отлучиться.

– До утра можно? – попросил он ее.

– Ровно к десяти, к приходу главного, чтобы был обратно, – сказала Джейн и стала заполнять отпускную форму.

У меня как раз закончилась смена, и получилось так, что мы вышли из больницы одновременно.

– Я живу вон в том кирпичном небоскребчике, – сказал он, показав рукой на новое семиэтажное здание. Там жили многие из преподавателей.

Нам было по дороге, и мы пошли. Тогда выпал снег. На Сергее были осенние туфли, шел он неуверенно и быстро уставал. Пару раз мы присаживались на скамейку. Снег искрился в воздухе, все было красиво, и дома стояли нарядные, в гирляндах. Я объяснила, что мне идти дальше, но он только замахал руками:

– Да какая, господи, разница! Если б ты знала, как хорошо так идти – не одному, а с дамой под руку!

Ну, какая я была дама! Потом я вспомнила про Рождество. Дома у меня была бутылка шампанского и торт, и я предложила отметить. Он очень обрадовался. Отметили, потом я стала думать, куда его уложить. У меня была только одна кровать и низенький короткий диван. Нет, он не собирался ложиться, хотел дожидаться полуночи. Ночью я несколько раз просыпалась и видела, что он сидит в кресле и смотрит на телефон. Там, видимо, никто не отзывался. Ровно в девять тридцать пошли мы назад в больницу. Джейн сказала, что, пока он отсутствовал, к нему приходили люди из посольства.

– Наконец-то! – еще подумала я, а, оглянувшись, увидела, что он побледнел. Вообще он стал как-то очень серьезен, особенно, когда Джейн описала этих чиновников: черные пальто, барашковые шапки. Приехали в восемь часов утра, сказали, что вернутся завтра.

После этого он потребовал у заведующей, чтобы его выписали. Он несколько раз повторил, что будет принимать все лекарства, что ему выпишут, но категорически отказывался остаться до конца срока. На выписку ушло полдня. В пальто, с портфелем в руке, он подошел ко мне проститься:

– Я тебя, наверное, не скоро увижу. Сейчас у меня начнется беготня, но, когда освобожусь, я обязательно тебя найду.

Я спросила, куда он сейчас пойдет.

– Домой, – сказал он и невесело так улыбнулся.

Следующие дни были хлопотные, и я про него даже забыла в суматохе. В больнице на Рождество мы обычно устраиваем праздничный обед. Все носились как угорелые. Доктор

Зангер говорил, что после праздничного обеда все три этажа переведут к нему в психиатрическое отделение. Наконец отпраздновали, убрали посуду. Вечером вышли мы с Джейн. Приморозило, сверху присыпало снегом, сквозь него проглядывал черный лед – самое опасное для женских туфель. Джейн взяла меня под руку. Она была полная и вечно боялась упасть. Жили мы с ней неподалеку друг от друга. Ее дом от моего отделяли две улицы. Вот идем, скрипим снежком. Она потихоньку себе улыбается:

– Чудеса, да и только!

– Что такое?

– Знаешь, а он в тебе влюблен!

– Кто?

– Наш русский.

Я, конечно, только посмеялась. Я уже предвкушала спокойный вечер. Не привыкла я к таким чудесам.

– Ну, уж нет, приду домой, включу телевизор! Вот и все мои чудеса!

– А я приду, встану у плиты, буду готовить ужин и плакать, плакать, плакать.

Я посмотрела на нее удивленно. С трудом могла себе представить Джейн плачущей. Не понимала я ее тогда. Не понимала, что жизнь длинная, скучная, однообразная. В общем, думала, что мы с ним больше не увидимся, но прошла неделя, и я снова его увидела. Я выходила из дому, он входил во двор.

– Это прозвучит странно, поскольку мы мало знакомы, – начал он и махнул рукой. – Ладно, буду говорить без обиняков! Мне нужно побыть где-то неделю. У меня кое-какие неприятности, связанные с этими людьми, которые тогда приходили. Я все сразу поняла.

Пока я снимала с кольца ключ от входной двери, он вынул из портфеля пачку писем. Он взял ключ и протянул мне эти письма:

– Если со мной что-то случится, отправишь их с почты.

Я посмотрела на конверты, они были не подписанные. Он заметил мое недоумение.

– Адрес я записал на отдельных листках и вложил внутрь каждого письма. Надпишешь и отправишь. Я пока ничего не объясняю, потому что сам запутался.

Я на это ответила, что никаких объяснений и не нужно.

Он кивнул:

— Если бы твой друг увидел нас сейчас, то он точно бы уверился в том, что я шпион!

Я уже спрятала письма в сумку и собиралась идти. Он меня остановил.

— Как хочется, Стефани, чтоб это все вдруг исчезло, и вместо этого была просто жизнь. Ты даже не представляешь, какое это было бы счастье!

Я поняла, что нужна помощь. Оуэн был не просто другом. Мы с ним раньше встречались. Оуэн пришел на следующий день, мы сели втроем разговаривать, и я впервые услышала от начала до конца что, собственно, произошло. Сергея вдруг начали вербовать. Это случилось за месяц до попытки самоубийства... К нему пришли один раз, другой. Он отказывался, они звонили, угрожали, и он решил попросить убежища. Оуэн не постеснялся и спросил, почему он это сделал. Не почему хотел остаться, а почему пытался покончить с собой.

— Это, конечно, не мое дело, — добавил Оуэн дипломатично. — Но мне лично важно понимать ситуацию!

Сергей предложил ему сигарету, и я впервые увидела Оуэна курящим. Сергей объяснил, что вынудило его на отчаянный поступок. Его стали шантажировать, он испугался.

— Вы женаты? Дети?

— Женат, детей нет.

— Что с ней? — спросил Оуэн.

Сергей не знал, он покачал головой:

— Я могу предупредить через знакомых там!

— На самом деле, я полагаю, жена уже все знает, но, если можно, то предупредите!

Когда Оуэн ушел, я спросила Сергея про жену.

— Если бы я знал, что ей ничего не угрожает, я бы ни секунды не колебался.

— Как ее зовут?

— Ее зовут Нина. Она здесь совершенно ни при чем. Она — нормальный человек. Я сам долгое время был нормальным. Чего-то мне, видимо, не хватало.

Я хотела знать больше.

– Трудно объяснить, чего именно. Разлад между мыслью и действием. Нужно было – женился, сказали вступить в партию – вступил… Стало вдруг тошно.

– Эти двое из консульства приходили не просто так?

Он кивнул. И больше об этом мы в тот вечер не говорили.

Мы легли вместе. Я же говорю, в те годы мы к этому относились легко. А мы с ним как будто давно были женаты. Проснулась я рано, он тоже не спал:

– Если бы не вся это история, я бы влюбился!

А я знала, что уже люблю его.

Решено было, что он останется у меня. Даже со снотворным он спал плохо. Просыпаясь, я видела его в кресле у окна, горел торшер, он что-нибудь читал или просто так сидел. По утрам – я уже привыкла и не заводила будильник – он делал в кухне зарядку. Готовил он сам. Очень любил картофельное пюре, макароны, которые заправлял сметаной. И сладкое он обожал. Умел готовить яблочный пирог с корицей.

Как-то в обеденный перерыв я забежала домой и нашла его лежащим в ванне. Блокнот упал, ручка воткнулась в коврик.

Он открыл глаза:

– Я что, заснул?

– Заснул, – говорю.

– А почему ты в одежде? Ты еще не ложилась?

Я объяснила, что на дворе день.

– А у меня хорошие новости, – сказал он.

Он созвонился с своим посольством, и там ему сказали, что все устроилось. Жена дает развод.

– Я перепсиховал. У нее там все в порядке.

– А те люди?

Оказалось, что они действовали по собственному усмотрению, без всякого на то права.

– Ты остаешься?

Он обнял меня:

– Наверное, придется потом съездить в Вашингтон. Заполню бумажки и – назад! Ты как к этому относишься?

Ну как я могла к этому относиться? Я же любила его. Я очень просилась поехать с ним. У меня тогда набежал недельный отпуск. Он считал, что это будет неправильно.

От природы он обладал крепким здоровьем. На прогулках бежал впереди на два шага. Наш городок чем-то напоминал ему место, в котором он родился. А родился он в Сибири. Это уже потом он переехал в Ленинград. В те дни он много списывался со всякими университетами. Как-то сказал, что ему нужно заехать на работу.

– Я должен отдать секретарше, чтобы перепечатала кое-что.

Имелись в виду его две последние статьи.

Он был в хорошем настроении:

– С этими статьями меня примет любой университет. Может, что-то в Вашингтоне найдется. Переедешь со мной? Что бы я делал без тебя! Как это ни банально звучит, ты меня вытащила с того света.

Он говорил, говорил, а я слушала и уже видела нас в будущем.

Через неделю после этого я отвезла его на вокзал. Вещей с ним было немного, чемодан ничего не весил. Когда Сергей зашел в вагон, я осталась стоять рядом с кондуктором. Был вот такой же весенний день, ветер улегся. Меня кто-то окликнул. Потом я долго не могла себе простить, что послушалась, осталась.

Дома я ставлю чашку в раковину и смотрю в окно. Я знаю здесь каждое дерево, каждую выемку дороги. Когда я буду умирать, я буду смотреть в это же окно, и поэтому смерть меня не пугает. Жизнь моя сложилась хорошо. Я вышла замуж, у нас три взрослых дочери. Они уже живут своими семьями. Старшая работает в нашем городке квартирным агентом. В выходные она забегает на чай. Я ей рассказываю про Сергея. Не все, конечно, а только факты. Мол, был у нас в больнице такой случай.

– А я от тебя этого никогда не слышала, – говорит она ревниво.

– Просто сама давно не вспоминала, – успокаиваю я ее.

Девушка с татуировкой

В автобусе в час пик девушка разговаривает по телефону. Ей лет двадцать пять – двадцать восемь. Стройная. Синие джинсы на бедрах, полоска кожи, сиреневая маечка. У нее красивое лицо, темные волосы, карие глаза подведены, но совсем немного. Ее голос звучит внятно, уравновешенно. Из тех голосов, что могут звучать рядом и никому не мешать.

– Это было вечером, я осталась одна в баре. Моя напарница вышла в кухню, чтобы убрать, и входят Патрик с Джейсоном. Так вот, входят они. Ну, ты понимаешь. Да, Джейсон с моим бывшим.

Она переступает с ноги на ногу, потому что автобус качает. Ее рука на поручне над головой – с цветной татуировкой: рыбкой и каким-то завитком, который, наверное, изображает морскую волну. На спине рюкзак. Она склоняется так низко, что реплики собеседницы на том конце долетают до сидящих на боковом сиденье справа.

– Ну каким Джейсоном? Джейсоном, его приятелем! Ну да. Я вижу, что Патрик уже поддатый.

Подруга вскрикивает. А наша девушка только немного меняет позу.

– Когда же это было? В прошлый вторник. Нет, что я говорю – в прошлую среду! Да, точно в среду. Перед самым закрытием. Я табличку на дверь вешаю, что закрыто. А Патрик и Джейсон остаются. И Джейсон Патрику – типа, пойдем, уже поздно! А Патрик – типа, нет. И Патрик встает напротив меня, и лицо у него такое белое. У Патрика, я имею в виду.

Автобус, поскрипывая, причаливает к остановке. Это центр города, час пик, люди едут с работы, женщины везут детей из садиков и школ. Полная мексиканка с коляской дожидается у передней двери, когда водитель опустит пандус.

Водитель машет ей рукой, чтобы она шла ко второй двери. Все в автобусе провожают ее взглядом. В лицах тревога: как она втиснется? У нее огромная коляска, мальчику три, а то и четыре года. Мысль, почему он в коляске, только у меня или другие тоже озадачены? Шеи вытягиваются в сторону въезда в салон. Девушка молчит, темные глаза устремлены в пространство. Не исключено, что они договорили. Дверь закрывается; едем, и разговор возобновляется.

– Я не буду тебе врать, мне становится не по себе! Ну, типа, ты же понимаешь. Патрик стоит передо мной и так смотрит, как типа я ему обязана чем-то. И вдруг берет стул и бросает его в меня. Представляешь? Бросает и промахивается. И продолжает смотреть, и лицо у него белое. Я смотрю на Джейсона. Я начинаю собирать посуду, стаканы, а руки у меня так и трясутся. При этом я слышу, что напарница уже открывает заднюю дверь. Обычно мы в одиннадцать – всё. Было даже больше одиннадцати. Так вот. А Джейсон типа сидит у окна и пьет пиво. Что? Что? Не слышу! Тут так шумно! Алло?

Не слышит она, потому что женщину рядом вдруг начинает душить кашель. Она роется в сумочке и при этом мужественно улыбается. Через проход, у другого окна, сидит ее муж. Она ему машет. Автобус качает, скрипят тормоза.
Она машет сильнее и хрипит. А на муже наушники.
Идиотское положение.
Люди его толкают, он открывает портфель, шарит на дне и передает что-то. Оказывается, конфету. Она делает глотательные движения, и постепенно ее лицо разглаживается.
– Легкая аллергия, – объясняет она всем.
Девушка снова меняет позу, вскидывает плечи, перекидывает рюкзак на правое – видимо, левое затекло.
– И вот остаемся мы втроем: я, Патрик, Джейсон. И что я могу сделать? Представляешь?

Подруга на том конце, видимо, представляет. Это исключительно важно, чтобы на том конце представляли. Пусть уже все позади, раз девушка здесь и живая-невредимая. Хотя кто знает, кто знает.

Еще остановка. Обе двери открываются, вновь закрываются, и мы медленно трогаемся с места. В тесном автобусе жарко от скопления людей. Руки на поручнях. Автобус качает. Мы пересекаем улицу Коммонвелс. Через пару коротких кварталов автобус поворачивает на Брайтон-авеню. Еще остановка. Там женщина с коляской собирается выходить. Пассажиры в автобусе окликают водителя. Он выходит и опускает пандус. Женщина выкатывает коляску, водитель вручную поднимает пандус. Что за несовершенное устройство! И видно по лицам, что все измучены и очень торопятся домой.

Но когда девушка с наколкой продолжает историю, все забывают об усталости. У нее ровный голос, она отвечает на вопросы подруги обстоятельно и спокойно. А голос там, наоборот, все более обеспокоенный.

– А ты? А в полицию?

– Ну да, – отвечает девушка с наколкой, – я чуть не позвонила в полицию. Вот-вот, думала, Джейсон его уведет, ведь он видел все.

Крик в трубке:

– Кого уведет?

– Ну, кого? Патрика! – отвечает девушка с наколкой.

Все слушают разговор девушки про бывшего. Про то, что она чувствовала себя нехорошо. Всем наплевать на жару. Все уже забыли про мексиканку с переростком-сыном в коляске. Но черт бы взял этого Джейсона, который спокойно сидит в баре и пьет пиво – типа, он здесь ни при чем.

Катя Капович
Суп гаспачо

Издательство *Литтера*
ilya.bernshteyn@litterapublishing.com

Тираж 250 экземпляров,
из них первые 30 – нумерованные.

Экземпляр №

Published by Littera Publishing LLC

Name: Kapovich, Katia, author.
Title: Gazpacho Soup / by Katia Kapovich.
Identifiers: ISBN 978-1-7336249-0-9

Manufactured in USA